即死チートが
最強すぎて、
異世界のやつらがまるで
相手にならない
んですが。
後始末篇
藤孝剛志
Illustration
成瀬ちさと
JN104498

contents

ACT 1

ACT 2

Character

高遠夜霧
Yogiri Takatou
高校二年生。常にやる気なさそうな感じで学校では寝てばかりいたが、真剣な表情をすると、意外とイケメン。召喚された異世界特有の力《ギフト》は得られなかったが、元の世界にいたときから特殊な《即死能力》を持っていた。別名AΩ(アルファオメガ)。

壇ノ浦知千佳
Tomochika Dannoura
高校二年生。夜霧のクラスメイト。見た目は美少女で胸も結構大きいが、言動で残念がられているツッコミ担当。夜霧と同じく異世界では《ギフト》を得られなかったが、壇ノ浦流弓術という弓術から派生した体術もある古武術を習得している。

壇ノ浦もこもこ
Mokomoko Dannoura
知千佳の先祖で守護霊。平安時代の幽霊で、壇ノ浦流弓術中興の祖……らしい。知千佳の姉の千春(ちはる)にそっくりな容姿をしており、衣装は白い狩衣(かりぎぬ)っぽい着物を着ている。また、デジタルテクノロジーに精通していて、槐ロボを憑依したように操る。

皇槐
Enju Sumeragi
日本を裏から統べていた皇家の生き残り。まだ夜霧が独立行政法人高次生命科学研究所の隔離施設で暮らしていたころ、そこに一時期避難していた。夜霧が固執する数少ない人間の一人なため、対夜霧用に彼女の姿を模したロボットが作られた。

二宮
諒子
Ryouko Ninomiya
夜霧たちのクラスメイト。実は夜霧を隔離していた『研究所』からの依頼で、夜霧の護衛兼監視任務についていた。代々忍者の家系で、両親や祖父母、兄と弟も忍者として夜霧の警護をしている。必要なら最新テクノロジーの詰まった武器を使う。

キャロル・
S・レーン
Carol S. Lane
夜霧たちのクラスメイト。高校入学に合わせて日本にやってきたアメリカ人。諒子と同じく夜霧の監視任務についていたが、所属は『機関』。なお、諒子と違って元の世界では戦闘力はない。カタコトなのはキャラ作りで、実は日本語ペラペラ。

鳳
春人
Haruto Outori
夜霧たちのクラスメイト。実は日本を裏から統べていた皇家の支配下にあった鳥の獣人で、皇家が没落した後の混乱に巻き込まれている。背から翼を生やし空を飛ぶことができる。異世界で重傷を負ったところを、ザクロという神に助けられた。

花川
大門
Daimon Hanakawa
夜霧たちのクラスメイト。以前も異世界に召喚されたことがある。種族限界のある回復術士から上級クラスのモンクになり、調子に乗って皆が元の世界に帰るとき、異世界に残ることにした。小太りなオタクでござる口調で喋り、性癖がキモイ。

ACT 1

初めての異世界

いつものように眠りについた花川大門は、見知らぬ場所で目覚めた。

普通なら、目覚めてすぐに状況を判断することなどできないだろう。多少おかしなことがあったところで、まだ夢を見ていると思うのが関の山だ。だが、花川の五感はこの異常な状況を現実だと捉えていた。

ひんやりとした石畳。蠟燭のぼんやりとした灯り。低いうめき声。血と黴と糞尿の臭い。

自分の部屋とは似ても似つかない状況に、花川は混乱した。

「何事でござる!?」

花川は飛び起きてあたりを見回した。

周囲はぐるりと燭台に取り囲まれていた。くたびれたベッドはどこにもなく、花川が寝ていたのは妙な紋様の描かれた石畳だ。

蠟燭の灯りは周囲を照らし切れていないが、そこかしこに人が倒れていることぐらいはわかった。フード付きのローブを着た者や、全身鎧を着込んだ者たちが床に転がっているのだ。

うめき声は倒れている者たちが発しているようで、床には彼らから流れたらしき血が広がっている。

あたりには手足や生首が転がっていて、大半が死んでいるように見えた。

「あわわわわわ……」

どう見ても惨劇の舞台、殺戮(さつりく)現場のど真ん中でしかなく、ちょっとおかしな口調の高校生でしかない花川が冷静でいられるわけもなかった。

「くそっ！　どうなっている！」

何者かが扉を開けて入ってきた。つまりここはどこかの部屋の中らしい。

苛立(いらだ)ち混じりの声は女のようだが、この惨劇を前にしても怯(おび)えている様子はない。何者かは部屋に入ってきた勢いのまま花川へと近づいてきた。

赤いドレスを着た女で、美しいのかもしれないが、とにかく顔が怖かった。感情を隠そうともせず、表情と仕草で怒りを露わにしているのだ。

「ひぃっ！」

なんだかわからないが殴られる。そう思った花川は身構えた。だが、女は花川のそばで倒れている男の襟首を摑んで引きずり起こした。

男は生きているようだが、腹からは赤黒い物がこぼれている。花川も、それが何か本当はわかっていたが、見ないことにした。

「状況を報告しろ」

「召喚は……成功しました……」

「成功？　この有様でか？」

「一人目が……この状況を引き起こしました。まだギフトに目覚めたばかりだというのに……何も持ってはいないというのに次々に皆が切り裂かれ……その後、窓から出ていきました……」

「ほう……しかし、一人目？」

怒りよりも好奇心が勝ったのか、女は叱責を後回しにして問いかけた。

「召喚されたのは……二人です……」

「そいつも逃げたのか？」

「いえ……そこに……」

男が震える指で花川を示した。

「なに!?」

女の顔に緊張が走った。

今の今まで、花川のことは特に意識していなかったらしい。

「衛兵！　取り押さえろ！」

女が呼びかけると、いつの間にやらやってきていた兵士たちがよってたかって花川を押さえ付けた。

「あばばばばばば」

もちろん、花川にはどうすることもできない。言い繕うことも、命乞いすることすらできなかった。何が起こっていて、どうすればいいのかが、まったく何もわかっていないからだ。

「くそっ。ここまでの事態になるとは、想定が甘過ぎたか」

「殿下。そうそうに隷属化されたほうがよろしいかと」

衛兵の一人が忠告した。

「王族による隷属化にこだわらなければ、この事態は避けられたやもしれぬな」

「あいまいな伝承をもとにした召喚です。勝手がわからぬのも致し方ないかと」

「まあよい。顔を上げさせろ」

「ぐえっ！」

衛兵が強引に花川の顔を上げさせた。押さえ付けられたままなので海老反りになってしまい、まともに息もできなくなった。

殿下と呼ばれていた女が摑んでいた手を放すと、致命傷を負っていた男は力なく倒れて後頭部を床にぶつけた。もう事切れているようだ。

衛兵の一人が、金属の輪を女に手渡した。女が力を籠めると、金属の輪は半分に分かれた。

「言葉は通じるのか？」

「ギフトにより最低限の言葉は通じるようになるとのことですが」

「そうか。私の目を見ろ。逆らっても苦しいだけだぞ？」

花川は言われるがまま、女を見た。金髪に青い目に彫りの深い顔立ち。日本人ではなさそうだった。

女が花川へ手を伸ばす。分かれた輪は花川の首を挟んで一つとなった。

「もう離してもいいぞ」

衛兵たちが手を離すと、花川は顔面から床に突っ伏した。

「起き上がれ。三回まわってワンと鳴け」

動く気力もないはずなのに、身体は言われるがまま勝手に動いていた。

＊＊＊＊

「けっきょく何なんでござるか！」

風呂に入れられ、着替えさせられ、応接室に通された花川はようやく平静を取り戻しつつあった。

まだわからないことだらけではあるが、それを問いただすぐらいの心の余裕がようやく生まれてきたのだ。

「ふむ……どこから話すべきか……」

ローテーブルを挟んで向かい側、赤いドレスの女が少しばかり考え込んだ。

豪華な建物に、傅(かしず)く召使いたち。その環境を当たり前と享受する態度からは、上流階級の人間であることがわかる。殿下と呼ばれていたので王族のようだが、花川のような庶民と二人きりでいることに抵抗はないようだ。

「端的に言ってしまえばよいか。我々は勇者としてお前を召喚した。だから魔国を滅ぼせ」

「……なるほど、でござるな」

「驚かんのだな？」

「まあ……考える時間はありましたからな」

謎の魔法陣。中世風の城。物々しく武装した兵士たち。日本人には見えない顔の人々。それどころか獣耳を生やした人外。これらの要素から、花川はこの状況を異世界転移だと考えていた。常識的感性であれば、この程度の情報だけで異世界転移などという突飛な発想に行き着くことはないのかもしれないが、花川はいわゆるオタクだったので安直にそう考えてしまったのだ。

「しかしですな。いきなり勇者だ魔国だと言われましてもですね。こちらにも心の準備やら装備やらが必要かと思うのですが。ドラクエの王様でさえ120G(ゴールド)はくれたでござるよ？」

「お前に拒否権はない。魔国を滅ぼし、我が国に平和を取り戻せ。これは命令であり、奴隷であるお前は逆らうことができない」

花川は首輪に触れた。付けられた瞬間から嫌な予感しかしていなかったし、首輪から連想する機能を思い描いてはいたが、やはりそのとおりの代物らしい。

「あれ？　それでは拙者の異世界ハーレムはどうなるのでござる？」

「お前にそんな自由はない」

「はぁぁぁあ!?　そんなんでは拙者、やる気が出ないでござるが！」

「お前のやる気など関係なく、奴隷の首輪はお前に命令遵守を強制する。とはいえ、無理矢理では効率に影響があるかもしれんからな、やる気が出るようになることを言ってやろう。無事我が国が平和になればお前は自由になれる。それを目指してせいぜい頑張るんだな」

「それは本当でござるかぁ？　拙者は逆らいようがないのでござろう？　後からやっぱりやめた、と言われてもどうしようもないのでござるが？」

「イマン王国第一王女、アトリーナの名において誓おう。魔国を滅ぼせば奴隷からは解放してやるし、金も地位も女も望むがままに与えよう。魔王の脅威から我が国を救うというのはそれだけの偉業なのだ」

　アトリーナの誓いに嘘偽りはないのだろう。花川は命令に逆らえないのだし、わざわざ嘘をつく必要がないからだ。

「ちなみに、他国でも勇者召喚は行われている。他の勇者に先んじられた場合は先ほどの報酬は無効となるので、せいぜいあがくがいい」

「なんですとぉ!?　複数召喚なのでござるかぁ！」

　てっきり自分だけだと思っていた花川はひどく驚いた。

「いや、しかし、他にも勇者がいるのなら拙者が頑張る意味とは？」

「魔国滅亡後の権益に影響がある。倒せるのなら誰が倒してもいいのだが、座して見守るわけにもいかんのだ。そうだな、最初から勇者同士で協力するというのは悪くない。その場合は、功績に応じて報酬が増減することになるが」

「えぇー!?　何か思ってたのと違うのでござる……と言いますか！　拙者パンピーでござるので、平和を取り戻せとか言われても戦う力なんてありませんし、無理なんでござるが！」

「それは大丈夫だ。お前にはギフトがある」

「ギフト、とは？」

「このような超常的な力のことだ」

アトリーナが掌を花川へ向けた。何も持たないただの開かれた手のはずだが、何かが花川の頬を掠めた。

ぽたりと血が流れ落ちる。

それは刃だった。掌から生えた刃が、花川の頬を裂いたのだ。

「これは私のギフトで、身体から剣を生やすことができる」

「では、拙者にも同じことが？」

「いや、ギフトは人それぞれだ。だが、お前には勇者として特別なギフトが与えられているはずだ。集中し、己の心に問いかけろ。さすれば己のギフトがわかるはずだ」

「ふむ……では、ステータスオープン！」

半ば冗談のつもりで花川は言ったのだが、その言葉にギフトは反応した。

花川の目前にゲームのようなステータスウインドウが表示されたのだ。

「え？　こーゆーもんなんでござるか？」

「ちなみに訊かれてもわからんぞ。ギフトをどう捉えるかは人それぞれだからな」

「……なるほど……拙者がゲームのようなものと捉えたということでござるかね？　ヒーラーでござるな。よさげな能力なのでは？　怪我や病を次々に治して感謝されまくる的な展開なのでは!?」

花川の脳裏に能力の概要が伝わってくる。

ヒーラー、回復魔法の使い手。どれほどの怪我だろうと瞬時に再生、解毒などの状態異常回復、アンデッドの浄化などパーティに一人は欲しい能力を取りそろえている。この世界の医療レベルが低いなら、神のごとく崇められてもおかしくはないだろう。

「微妙なところだな……回復魔法は使い手がほとんどいないレアな能力だが、此度の戦いで存在感を示せるかといえば……戦闘系のギフトがよかったのだが……」

「うぅ……あまり期待していない感じがひしひしと伝わってくるのでござるよ……」

花川は、アトリーナの興味が急激に薄れていくのを感じていた。

＊＊＊＊＊

なぜ召喚を行うのかといえば、異世界人はレアギフトの発現率が高いからだ。

そもそもギフトは誰にでも発現するものではないので、ほぼ確実にギフトが発現する異世界召喚はそれだけでありがたいらしい。

花川のギフト、ヒーラーもそれほど悪くはない。どんな怪我でも死んでさえいなければ即座に回復できるのだから、これほど有用な力もそうはないだろう。

だが、その性質上どうしてもサポートに回らざるをえず、単独での戦いはおよそ不可能だった。

そのためどうしても仲間が必要となってくる。一人ではレベル上げすらままならないからだ。

「おう！　勇者さんよぉ。怪我治してくんねぇか？」

でかくて、ごつくて、むさくるしい男たちが花川のそばにやってきた。三人ともが全身を鎧で覆っているのだが、鎧のあちこちに穴が開いていて、血がこぼれ出ている。それらの傷は魔物の牙や爪によるものであり、その凄惨な有様が魔物たちの攻撃の凄まじさを物語っていた。

ここはイマン王国と魔国の境界。魔国の侵攻により滅ぼされた街の中だった。花川は否応なしに最前線に放り込まれたのだ。

「いやいやいや！　せめて仲間は女戦士とかになりませんかね！　ビキニアーマーとかの！」

無理矢理連れてこられて、何がなんだかわからないうちに戦いが始まり、周囲には大量の魔物の死骸が散乱していた。三人でどうにかできる群れとはとても思えないのだが、彼らは剣と槍と斧だけで一掃してしまったのだ。

「女戦士？　なんでわざわざ最前線に女を連れてこなきゃなんねーんだよ。　俺も好きなほうだが、さすがにそんなことしてる余裕はねぇだろ」

「ぐ」

あまりの正論に花川は言葉を詰まらせた。この世界でも基本的には男のほうが筋力が発達しているのだろう。そして、その力の差を埋められるような近代的な兵器は存在しておらず、剣や槍を振り回す戦場で女が活躍できる余地がないのだ。

「ですが、そう！　ギフトがありますよね！　女の子でも戦えたりするんではないでござるか！」

「ギフト持ちの女なんか、そーいやしねーし、そんな貴重な人材は姫さんとか守ってんじゃねーか？」

「うぅ！　言われてみれば、拙者にあてがう必要などどこにもないでござるな！　いや！　百歩ゆずって戦闘向きの女子がおらんのは仕方がないとして、でしたら女僧侶ですとか、そーいったサポート要員が必要なのでは!?」

「僧侶って……最前線に拝み屋とか縁起わりぃだけだろ」

「それはそうかもですが、え？　僧侶は回復魔法を使ったりはしないので？」

「教会でぶつくさ言ってるだけの役立たずだろ。連れてきたって死ぬだけだと思うが？」

「じゃあ女魔法使いでござるよ！」

「魔女か？　あいつら森の小屋で一人寂しくでけぇ鍋で薬草煮込んだりしてるだけだろ？」

「うぅ……どこまでもリアル仕様！　ですが、だったらなぜに四人パーティなんてゆードラクエみたいなことになってんでござるか！」　魔物倒すんでしたら、軍隊でやればいいでしょうが！」

「そりゃ雑兵じゃ無駄死にするだけだからだろ？　最低限戦士系のギフトは持ってねぇと」

ちなみに、彼らもギフト持ちで、全員が戦士のジョブだ。戦闘系としては一般的であり、それぞれ得意武器が剣、槍、斧と分かれている。

「ごちゃごちゃ言ってねーで、さっさと怪我治せよ」

男たちは特に花川を蔑むわけではないが、かといって勇者として尊敬しているわけでもないようだった。

男など治したくない花川だが、奴隷の首輪により逆らうことはできなかった。花川の首に付けられた首輪は、付けられて最初に見た者を主人とする魔法具だ。その主人から、国民に奉仕せよと命令されているため、主人以外の命令であっても聞く必要があるのだった。

花川は男たちに手をかざした。

暖かな光が彼らを包む。それで、血は止まり、傷口は塞がったようだった。

「う……ＭＰ切れでござるよ……」

「なんだか知らんが大変だな」

ギフトに関するステータスを数値で認識しているのは異世界人だけであり、この世界の人間たちはなんとなくでしかギフトの強さを測っていない。その点で、数値で明確に捉えることができる異世界人たちにはギフト運用上での強みがあった。

「じゃあ帰るか」

「そうだな。回復頼りで無茶してたしな」

「でござるな。では……」

「お前はまだやることあるだろ」

戦士の一人が、先ほどまで戦場だった場所を指差す。そこには、モンスターの死骸が散乱していた。

花川は吐き気を我慢しながら、死骸へと近づいた。

アイテム回収。それも化川の仕事だった。

花川のジョブ、ヒーラーにはアイテムボックスのスキルがあった。これは謎の空間にアイテムを保存しておけるスキルであり、大量の荷物を持ち運ぶことが可能だったのだ。

モンスターの素材や、所持装備などをあらかた回収し、花川は休憩している戦士たちのもとに戻った。

「ほんと便利だよな。お前のことは頼りにしてるんだぜ？」

――何がでござるか……薬草兼荷物持ちぐらいにしか思ってないでござるよね？

そう思いつつも、面と向かって文句も言えなかった。

戦士の一人が笛を吹くと、どこからともなく馬車がやってきた。花川たちを最前線へと連れてきた荷馬車で、どこかに隠れていたのだろう。

花川たちは馬車に乗り、最寄りの街へと移動した。

「きゃー！　勇者さまぁ！」

馬車を降り街に入ると、街行く人々から盛大な歓迎を受けた。もちろん、勇者さまとは花川のことではなく、一緒に戦っていた戦士たちのことだ。

女たちが戦士たちを取り囲み、黄色い声をあげる。

戦士たちは、数人の女を選びいずこかへと消えていった。

「あ、その、拙者も勇者なんでござるが……」

花川は、選ばれなかった女たちに声をかけた。

「近寄らないで、デブ！」

へらへらした顔で女たちに近づこうとした花川の足が止まった。

花川は、イマン王国民には逆らえないのだ。

魔国を滅ぼしイマン王国に平和を取り戻せ。国民に危害を与えるな。国民に奉仕せよ。

花川に与えられている命令の優先順位はこのようなものだった。あまりに無茶な命令を聞く必要はないが、近づくなぐらいの命令であれば従わねばならないのだ。

「豚は豚らしく豚小屋で豚の餌でも食ってなさいよ！」

「目障りなの！　往来を歩くとかやめてくれない？」

平和を取り戻すには、健康を維持する必要があるし、そのためには街の施設を使う必要がある。

そう解釈すれば、これらの命令を聞く必要はない。だが、そう思ったところで精神的ダメージをなかったことにはできなかった。

＊＊＊＊

異世界に召喚されてから半年。

花川は石造りの通路を歩いていた。床も壁も天井も石材でできていて、外光は入ってこないのにほんのりと明るいここは、死者の迷宮と呼ばれる場所。花川は、一人でダンジョンに挑んでいるのだ。

もちろん危険ではあるのだが、そんなことよりも一人の気楽さが花川にはありがたかった。イマン国民にいいように扱われることにはうんざりしていたのだ。

それと、ここでなら一人での冒険が可能だった。ここにはアンデッドしか出現せず、花川はアンデッドに対しては有利に立ち回れるからだ。

花川のジョブ、ヒーラーの回復魔法はアンデッドに対しては強力な攻撃魔法として作用する。範囲回復魔法を展開すればアンデッドの立ち入れない聖域を作ることもできた。そのため、単独でも戦い続けることができる。

死者の迷宮は、花川にとっては実に都合のいいダンジョンだった。

花川の単独行動など許されないようにも思えるが、魔王退治のためという大義名分があればどうにでもなった。花川が陰でこそこそと何かをやっていようと奴隷契約の制約によりイマン王国に不利益なことはできないため、問題視されていないのだ。

「とにかくレベルを上げるのでござるよ！　もう今のまま幸せになろうなどという甘い考えは捨てたのでござる！」

現状のままちやほやされようとしたところで無駄なことを、花川はこの半年で痛感していた。異世界ハーレムライフを過ごすためにはどうにかして奴隷の立場から脱却する以外に道はなく、そのためには強さが必要なのだ。

一人で延々とダンジョンに潜り続ける。普通に考えれば不可能と思えるが、花川にはアイテムボックスのスキルがあった。大量の食料やサバイバルグッズを謎の空間に収納して持ち込んでいるため、気力と根性さえあれば単独行が可能だったのだ。

「ヒール！　ヒール！　ヒール！　うはははっ！　まさに無双！　敵を選べば十分に戦えるのでござるよ！」

花川の回復魔法が乱れ飛び、前方から現れたゾンビやスケルトンが消し飛んでいった。

背後からやってきたゴーストは花川に触れた瞬間に苦鳴をあげてもだえる。事前に使用してお いた継続回復魔法がアンデッドの接触を防ぐバリアのようになっているのだ。花川は冷静に振り向き、回復魔法を籠めた掌でゴーストを祓（はら）った。

「ここでいくらアンデッドに勝とうが拙者の待遇は何も変わらんのでござるけどね！　おっと、これは宝箱でござるか？」

　なぜ通路に宝箱がぽつんと置いてあるのか。それは古（いにしえ）の大魔法使いがそのような仕掛けを用意したからだ。今となっては詳細はわからないが、件（くだん）の魔法使いはダンジョンに冒険者を誘い込もうとしていた節があり、その名残だろうというのが一般的な解釈だ。

「どうしたものでござるかね？　入り口付近ならしょーもない物しか入っていないでござるから、無視するところなんでござるが」

　現在地点は、全十階層ある迷宮の地下九階層だった。深く潜れば潜るほど出現アイテムが豪華になっていくのが定番であり、宝箱の中身はかなりのレアアイテムであることが期待できる。

　ただ、深くなるほどに罠が苛烈になっていくのも定番だった。

「まあ、なるようになるでござるよ」

　罠関連スキルを持っていない花川は、素直に宝箱の蓋を開けた。

　派手な爆音と共に、花川の右腕が吹っ飛んだ。

　致命傷でこそなかったが部位欠損は普通なら大怪我だ。だが、花川は冷静に回復魔法を発動した。この程度は想定していたし、問題のない範囲だ。

一瞬にして失われた腕が生えてきて、元通りになる。もう見慣れた光景ではあるが、凄まじい能力だと花川は自負していた。うまく活用すれば、異世界で栄華を手にすることも夢ではないだろう。

「それもこれも奴隷のままではどうしようもないのでござるが……お、これは……」

宝箱に罠はあったが中にアイテムは入っていて、出てきたのは首輪だった。花川の首に付いているのと同じ物、奴隷の首輪だ。

「おほぉ！　これは！　まあこれも自由にならないと活用できんのでござるが」

花川はアイテムボックスに首輪を収納した。持っていることを知られれば取りあげられるかもしれないが、他者にはアイテムボックスの中身を知る術（すべ）はない。黙っていればわからないはずだった。

「そろそろ休憩でござるかね」

アンデッドに対してはほぼ無敵の花川だが、MPがなくなれば簡単に死に至る。そのためMPが半減したタイミングで休憩を取ることにしていた。マージンを取り過ぎかもしれないが、一つ間違えば死んでしまうのだから、余裕があるにこしたことはない。

花川は周囲にヒーリングゾーンを展開した。多少疲れが癒やされるといった効果しか持たないが、アンデッド対応結界としては十分に機能する。次に、アイテムボックスから折りたたみ椅子、簡易テーブル、おやつ、お茶と次々に出していく。これが花川の休憩セットだった。

「最初はどうなることかと思いましたが、今のところはうまいことやれてる感じでござるな。他にも勇者は召喚されてるようでござるし、これはメインどころの奴らとは別れて単独行動してなんやかんやうまくいく感じのジャンルのやつかと思うのでござるよ！」

　椅子に座り、のんびりとお茶をしながら振り返る。座ってじっとしていれば次第にＭＰが回復していくのだ。

「そーなると、やはりここらでヒロインが出てくるのが定番かと思うのでござるが？　国民は除外するとなるとまともな人間ヒロインは諦めるしかないですし、こういったダンジョンに封印されてる魔族娘だとか、古代技術で作られた人造人間ですとか……あー……ゾンビはその……いや、案外ありかもしれんでござるな？　アンデッド相手なら拙者は最強なわけでござるから、脅せばどうにでも……」

　ゾンビたちがやってきていて、結界に触れられずに周囲をうろうろとしている。その中には若い女もいて、多少腐っていることに目をつむれば可愛いと思える娘もいた。

「ですが、うーとかあーとか言ってるだけでは交渉も何もあったものではないですな。脳まで腐ってるんでござるかね？　ということは死にたてなら生前の意識が残ってたりするんでござろうか？　アンデッドハーレム……悪くないのでは？」

　ずっと一人なので独り言が多くなっていた。もっとも花川は思ったことをすぐに口に出してしまうタイプなので、普段とさほど変わらないともいえるのだが。

「しかし、これなら最終階層まで楽勝なのでは？　ここは魔王軍四天王のなんちゃらがいるとかいう噂でござるが、四天王の一角を落とせるのでは？　死霊魔団のボスとなると、ヴァンパイアとかでござるかね？　ヴァンパイアなら腐ってるイメージはないでござるし、ハーレムの一員としては最適なのでは？」

死者の迷宮は古の大魔法使いが作りあげた地下建造物とのことだが、今では魔王軍の支配下に置かれていた。死霊魔団の本拠地らしいので、完全攻略できれば今までにない大金星となるだろう。魔国周辺国家はこれまで押されっぱなしであり、反撃の狼煙(のろし)となるはずだ。

「俄然、やる気がわいてきたでござるな！」

休憩を終え、花川はダンジョン攻略を再開した。

地道にマッピングしながら九階層までやってきたのだ。死者の迷宮のおおよそは把握していると いっていいし、正解のルートがなんとなく見えてくるぐらいには設計者の癖を摑んでもいた。

ほどなくして、花川は地下十階に到達した。事前情報によれば最終階層のはずだ。

特別な場所なのか、これまでとは雰囲気が異なっていた。壁はこれまでのようにただ石材を積み上げただけではなく、骨らしき物でできている。花川はパリのカタコンベを想起した。

それらを見せ付けたいのか通路は明るく、真っ直ぐに続いている。花川はしばらく進んでみたが、やはり分岐は現れなかった。とにかく前進しろということらしい。

進んでいくと広間に出た。遠方は暗く影に沈んでいるが、髑髏を積み重ねた燭台の列が通路のようになっている。やはり、このまま進めということのようだ。

花川の歩みに同調してか、燭台に灯りが灯されていった。

「たかが四天王ぐらいには過剰な演出かと思うのでござるが」

とはいえ、もともとは古の大魔法使いの拠点だったようだし、そのころの仕掛けが生きているだけなのかもしれない。

燭台が灯るにつれ、そこにいるアンデッドたちの姿が浮かび上がった。襲ってはこないようなので、花川は無視して進み続ける。

行く先に、巨大な玉座が見えてきた。これもまた人骨を組み合わせて作りあげた悪趣味の塊のような代物で、何者かが座っている。おそらくは四天王の一人、死霊魔団の団長のはずだ。

「ふむ。見た目は人間のようですな」

スケルトンのようなあからさまな死骸ではないし、デュラハンのように首がないわけでも、ゴーストのように実在感がないわけでもない。人型のアンデッド、まだ腐っていないゾンビか、ヴァンパイアあたりであろうと花川は当たりを付けた。

「男な時点で正体が何であろうとどうでもいいのでござるが」

近づいていくと、小柄な少年であり、花川と同じ年齢ぐらいだろうことがわかってきた。

玉座の周囲には配下であろうアンデッドたちが静かに待機している。彼らも何者かがここまでやってきたことはわかっているだろうし、待ち構えていたのだろう。

まとめて倒してしまって何の問題もないだろうと花川は思ったのだが、魔王軍と無関係であっても困る。そこで一応は訊いてみることにした。

「貴殿が魔王軍四天王の一人でござるかね？」

「そうだけど、ござる？」

相手は妙なところに引っかかっていた。

「でしたらこれ以上は問答無用でござるよ！」

四天王なら倒して手柄にする以外に用はない。花川はさっさと決着をつけることにした。

「いや、ちょっと待て――」

「ヒール！」

玉座を中心に眩（まばゆ）い光が発生した。

花川の回復魔法は基本的にはヒールだけだ。距離、範囲、継続時間、対象の数などで消費ＭＰが変わってくるが、効果はどれも回復であり、アンデッドに使用した際には効果が反転するため即死させることができる。さらに回復魔法は必中で発動すれば躱（かわ）しようがないのだ。

アンデッドどもが悲鳴をあげながら消滅していく。アンデッドであるならば、どれほど強かろうが、それが四天王であろうが確実に消滅させることができる。花川は勝利を確信した。

光がおさまっていき、後には何も残らない。

そのはずだったのだが、四天王は変わらず玉座に座ったままだった。

「なんですと!?　拙者、やったか？　とか言ってないでござるのに！」

「あのさぁ。話ぐらい聞けっての。お前、花川だろ？」

四天王の少年は呆れた顔をしていて、すぐさま反撃してくるつもりはなさそうだった。

「ほほう？　拙者の勇名は魔王軍にまで轟くほどになっていたのでござるか？」

「違うって。僕の顔に見覚えないの？」

「そう言われても、拙者、男の顔になど興味がないので……」

「僕も男の顔に興味はないけど、お前の独特のフォルムと喋り方はよく覚えてるよ。僕は福原禎章（ふくはらよしあき）。同じクラスだろ？」

「え？」

そう言われてみると、なんとなく覚えがあるような気もしてくる花川だった。

「まさかクラスまるごと転移だったのでござるか！」

「違うとも言い切れないけど、花川の他には東田（ひがしだ）にしか会ってないよ」

「……ということは、福原殿はアンデッドではない……？」

「人間の死霊術使いだよ」

「それでは倒せないではないですか！」

「なんでクラスメイトと判明した後でも倒そうとしてんだよ。普通、ここは協力してなんとかやっていこうってとこだろ？」

――いや、ですがアンデッドの手下は倒せるのですから、どうにかして……。

花川はヒール以外の攻撃手段、呪弾を持っている。ピストル程度の威力であり決め手に欠ける魔

法ではあるのだが、相手がただの人間なら十分に通用するはずだ。

しかし、呪弾を放とうと集中する花川の前に何かが出現した。

骨の柱。同時にいくつもが地面から生えてきて花川を取り囲んだのだ。

「ボーンプリズン。それはただの骨でアンデッドってわけじゃないからヒールでは消せないよ？　ちなみにもっと攻撃的なボーンランスもあるし、近接戦闘だってできる」

福原の手には、いつの間にか大鎌が握られていた。死神を想起させるような、魂を刈り取る形をしたそれだ。

「はぁ!?　だったらなんでスケルトンは消滅するんでござるか！」

「知らないよ。そーゆー仕様なんだろ？　手下がいなくても花川を殺す手段なんていくらでもあるんだ。けど、あえて知り合いを殺そうとは思わない。あらためて訊くよ。協力しないか？」

しょせんは回復職でしかない花川だ。攻撃職が相手だと勝ち目はほとんどなく、その提案を断れるわけがなかった。

「それはやぶさかではないでござるが、具体的に何をするんでござる？」

「召喚勇者として当たり前のことをするだけだよ。魔王を倒すんだ」

福原は悪びれる様子もなく言い放った。

＊＊＊＊＊

勇者召喚の儀から約一年後の夜。花川たちは、魔王城の周囲に広がる森の中にいた。

具体的には森の中の集落、隠れ里のような場所で一夜の宿を借りているという状況だ。最終局面だった。

福原以外の四天王を倒し、残るは魔王だけとなったのだ。

実は、魔王城に侵入して魔王に挑むだけであれば福原の持つ結界の鍵があるだけでよかったのだが、それでは花川は王女の命令を遂行することができなかった。

魔国を滅ぼしイマン王国に平和を取り戻せ。この命令を成し遂げるには、幹部である四天王も下さねばならないと解釈されているのだ。

「ふむ？　しかしそうなると福原殿は何故に魔王軍で四天王などやっていたのでござる？　こちらには勇者召喚で来たのでござるよね？」

借りた小屋の中。福原から召喚の説明を聞いていた花川は疑問を呈した。

勇者召喚はイマン王家に伝えられている秘儀だ。

魔王が現れ、魔の者が集い魔国となり、王国の版図を脅かす。そんな事態が数百年周期で発生するとされていて、その災厄に立ち向かうのが勇者とされていた。

当然、前回の顚末を実際に知る者はおらず、イマン国民たちはおとぎ話のようなものと思っていた。

しかし、魔王は唐突に現れた。有象無象の群れだった魔物たちが魔王のもとで団結し、周辺国への侵略を開始したのだ。

賢者や魔神のいる世界ではあるが、それらからの干渉がない地域で比較的平和に暮らしてきたイマン王国民に為す術はなかった。

瞬く間に村や街が滅ぼされ、あっという間に領土が削り取られていく。どうしようもなくなった王家は、藁（わら）にも縋（すが）る気持ちで古の儀式を行ったのだ。

儀式は成功して花川はこの世界にやってきた。だが、この説明だけでは他の国でも召喚が行われたことや、福原が魔王軍にいたことがわからないのだ。

「簡単だよ。魔王が勇者召喚をやったんだ」

「しかしそれは何故に？　わざわざ勇者なぞ呼んでも自らが脅かされるだけでござるよ？」

「さあね。あくまで僕の個人的感想に過ぎないけど、なんとなくやってみたって感じだったね」

「そもそも、イマン王家の秘儀をいろんな国がやっているのはどういうことなんでござる？」

「それも簡単。このあたりの国は大体が元はイマン王国なんだ」

過去にはかなりの領土を誇っていたイマン王国だが、様々な理由により複数の国家に分かれたのが現状とのことだった。そのため、各王家も勇者召喚の秘儀を伝えているらしい。今は魔国と呼ばれている国も元はイマン王国の分家の一つだったようだ。

「まあ……勇者は多いにこしたことはないでござるな！」

それぞれが足を引っ張り合うなら問題だが、現状では魔王討伐連合軍として協力できていた。

四人の召喚勇者を中心に、戦闘系のギフトを持った者たちが一丸となって魔王軍に挑めているのだ。

一年の修行により成長し、様々な装備を得て、強力な仲間も引き入れた。

やれるだけのことはやったといえる、満を持しての魔王戦。これで駄目ならどうしようもないと花川は開き直っていた。

＊＊＊＊

群がる雑魚の処理を戦士たちに任せ、召喚勇者たちは魔王の間へと向かった。

ヒーラー、花川大門。医療関係者をアピールするために、白いローブを着ている。一年の修行の果てにレベル99に達していた。やれることは回復がメインで初期から変わってはいないが、ＭＰが増えているのでいくらでも治すことができるようになっている。

死霊術士、福原禎章。骨でできた鎧を身に付けている。アンデッドを召喚、使役する能力に加え、死体を加工して装備を作ることもできる。対人から対軍まで幅広く対応できる能力の持ち主だ。

ソードダンサー、フィリップ。武者鎧を纏(まと)い、面頬を付けたアメリカ人だ。おおよそは西洋風のこの世界でどうやって手に入れたのかはわからないが、日本刀まで持っている。いかにも戦士という大柄な身体ながらも軽快な動きが持ち味で、目にも留まらぬ二刀流が主なスキルだ。

勇者、東田良介（りょうすけ）。軽装中にマントというゲーム的な勇者を思わせる格好をしている。各種武器を使いこなし、魔法まで使えるオールラウンダーだ。

この四人が今回の魔王討伐戦に参加した異世界人であり、東田がリーダーとなっていた。ジョブが勇者であり、その実力からも相応（ふさわ）しいと判断されたのだ。花川も異論はなかった。とにかく魔王さえ倒せればいいのだし、ヒーラーがしゃしゃり出る場合でもないと思ったのだ。

元魔王軍である福原の知識により、道中は実にスムーズだった。複雑怪奇な迷宮でもある魔王城を、最短経路で駆け抜けることができたのだ。

魔王の間。

何もない広間に、それはいた。

黒いローブを着た、痩身で年老いた男。頭部に生えている二本の角が魔族であることを主張しているが、それがなければただの陰気な老人にしか見えなかった。

「今時の魔王が魔法使いっぽいジジイって！　もうちょっと可愛いのを期待していたのでござるが!?」

「よくぞ来た勇者――」

その嗄（しわが）れた声が最後まで紡がれることはなかった。

「ファイアボール！」

東田が会敵早々に魔法を放ったのだ。極太の獄炎が一直線に床を溶解させ、先にある壁を蒸発させた。

ただの初級魔法にあるまじき威力だが、勇者のスキルである『天井知らず』がこれを可能にしていた。これは、魔法やスキルを使うたびに威力が上昇するというもので、繰り返し使えばいくらでも威力が上がっていくという常軌を逸したスキルだ。

「勝った！」

東田が勝ち誇る。魔王が逃れた様子はなく、後には消し炭も残ってはいなかった。

「え？　マジで勝ったのでござるか？　今のは残像だ！　みたいなのではなくて？」

花川はあたりを見回した。何もない広間なので隠れる場所はない。素直に考えれば直撃して消し飛んだとしか思えなかった。

「あれ、本当に魔王だったのでござるかぁ？　小間使いとか言われてもそうかもと思ってしまうんでござるが」

「あれが魔王で間違いないよ。四天王だった僕が言うんだから信憑性はあるだろ？」

「それはそうでござるが、ということはこれでミッションコンプリート！　ここから先は自由時間ということでよいでござるね？」

花川は召喚直後に奴隷の首輪を付けられている。そのため奴隷の身分から解放されるには召喚者の命令を聞いて魔王を倒す必要があった。

では、魔王に召喚されたためか首輪を付けていない、最初から自由であった福原の魔王を倒す理由とは何なのか。

これもまたけっきょくは自由のためだった。確かに今のままでも自由に行動することはできる。できるが福原は魔王軍の一員であり、四天王であり、死霊魔団の団長という立場なのだ。これらはただの肩書きというわけではなく、この世界においては客観的に判別できる情報だった。鑑定のスキルがあれば魔物に与する者であることが一目でわかる。鑑定スキルを持つ者は要所要所に配置されているため、全てを避けるのも難しい。人として自由を謳歌するには、魔王を倒し魔国を解体する以外になかったのだ。

「うん。これでようやく魔王軍から解放されて異世界を楽しむことができる！」

「ぐふふふふっ。これからはやりたい放題、好き放題に——って、何か光っておりますが？」

東田の身体がぼんやりとした光に包まれていた。

「どういうことだよ？　魔王を倒せば自由になれるって……まさか元の世界に帰ることなのか!?」

困惑する東田が、強烈な光と共に消え失せた。

「……不可解な状況ではござるが、とりあえず魔王を倒したわけですから、拙者は自由の身になれてるんでござるよね？」

花川は首輪に手をやった。奴隷から解放されているのなら外れるはずだ。だが、首輪はびくともしなかった。それに、魔国を滅ぼしイマン王国に平和を取り戻せという命令がいまだ有効であることを花川は実感していた。つまり、まだ自由になれる条件を満たせていないのだ。

「まったく自由になってないのでござるが!?」

「僕も四天王のままだな。つまり魔国は滅びていない」

「東田殿だけ条件が異なっていたのでござるかね？　魔王を倒せば帰還できるといったような？」

「召喚国によって違うのかもね」

「だとすると、拙者らはどうすればいいので？　魔物を全滅させろということでござるか？」

「そうではない。実に単純なことだ。国体そのものである我が滅びぬ限り、魔国は健在であるということだ」

背後から声が聞こえ、花川は振り向いた。

黒いドレスを着た幼い少女が立っていた。頭部の角が魔族であることを示しているので、何かの間違いで迷い込んできた幼子などではないはずだ。

「なんとなくわかる気もしますが、あなたは？」

「ボイド。肩書きなどどうでもよいが魔王の上に君臨する者だ」

「真のボスといったところでござるね。それで何用で？」

「用があるのはお前らではないのか？　それとも勇者が消えた今、戦う気をなくしたか？　黙って帰るというのなら見逃してやるが？」

ボイドはその愛らしい顔には似合わない不敵な笑みを浮かべた。

「はぁ……なんでか僕は東田より弱いと思われてるんだよね」

福原が溜息をついた直後、周囲にアンデッドが湧き出てきた。足もとにあるのは石床なのだが、そこからゾンビやスケルーンが這い出してきたのだ。その中には、これまでに倒した三人の四天王の姿まであった。

「殺した相手を死亡時そのままの強さで意のままに操れる。これが弱いわけないだろ？」

アンデッドの群れがボイドへと殺到する。群れに呑まれそうになったそのとき、ボイドがつぶやくように言った。

「ヒール」

魔王の間全体が輝き、アンデッドどもは崩れ落ちた。

「そんな明確に弱点のあるものを向けられても付き合いきれんな」

「って！　拙者よりも広範囲なのですが！」

「お前らが言うところのレベルが違うからな」

一人後ずさって様子をみていた花川の独り言にボイドは反応してきた。どうやら花川ごときの動向にも目を向けているらしい。

アンデッドが軒並み消え去った瞬間、フィリップがボイドの背後に回り込んだ。背後からの強襲に気付かなかったのか、気付いても反応できなかったのか。フィリップの二刀は首筋を捉えていた。

だが、それだけだった。刃は確かに首筋に当たったが、皮一枚すら切り裂くことができなかったのだ。

「これもレベル差が故よな。我が何をしたわけでもなく、ただお前の攻撃が弱過ぎるのだ」

フィリップが三体に分身した。六本の刀による同時攻撃。だが、それも通用しなかった。眼を狙おうが、耳を狙おうが、それらは表面で弾かれたのだ。

フィリップが距離を取った。二刀を掲げ交差させる。二刀が輝きを増していくその様は、力を溜めているかのようだ。

「ボーンプリズン！　ボーンランス！　ボーンシュート！　ボーンハリケーン！」

「ちょっ！　こっちにも被害が及ぶのですが！」

床から巨大な肋骨が飛び出してボイドを取り囲む。斜めに生えた鋭利な背骨がボイドへと迫り、大腿骨が乱れ飛び、髑髏（どくろ）が渦を巻いて襲いかかった。

フィリップが二刀を振り下ろす。斬撃が光となり、ボイドへと飛んでいった。

「ふむ。それらも効きはしないのだが、調子に乗らせておくのも鬱陶しいな」

ボイドが手刀を横薙ぎにした。掌が空を切ったに過ぎないのだが、その効果は劇的だった。押し寄せる骨の群れが、飛んでいく輝く斬撃が、一瞬のうちに両断されたのだ。そして、その攻撃の対象はそれらだけに留まらなかった。

花川も、福原も、フィリップも上下真っ二つになったのだ。

「ヒール！」

花川は即座に回復呪文を使用した。普通なら真っ二つになった瞬間に即死してもおかしくはないのだが、高レベルのギフト保持者はこの程度なら生きてはいられるのだ。

花川の分かたれた身体が接合し、元通りになる。福原とフィリップも治したくはあったが、距離が離れ過ぎていた。

「ほお？　意外や意外。この状況に対応できているのはお前だけのようだな」

「拙者に注目しないでいただきたいのでござるが！」

だが、福原とフィリップが虫の息なので、健在な花川が注目されるのは当然のことだった。

――勝てるビジョンがまるで浮かばないのでござる！　これは三十六計逃げるに如かずとやるべきでは？

福原とフィリップが手も足も出ないのだから、花川に勝ち目などあるわけがなかった。

「あ、あのぉ、先ほど見逃してもいいとおっしゃっていたような気が……」

花川は恐る恐る口に出した。

「そうは言ったが……この状況で見逃すと逃げられてしまったかのようで癪に障るから駄目だな」

少し考えてボイドは言った。

――どうするでござる？　アンデッドではないようですからヒールは効果ないでござるし、呪弾など効きそうにないですし、近接戦闘などもってのほか。逃げるにしても、どこへどう逃げていいものやら……。

考えれば考えるほど、このままやられる以外の選択肢が出てこない。

ボイドがゆっくりと近づいてきて、花川は後ずさった。その気ならばすぐにでも殺せるはずなので、ただの気まぐれなのだろう。下がり続けると壁に到達してしまい、いよいよ進退窮まってきた。

「ただバラバラにするというのも面白くないな」

ボイドが何やらつぶやくと、掌の上に何かが浮かび上がった。それは、球体状の肉塊であり、表面には苦悶の表情を浮かべた人面がいくつも盛り上がっている。

「いやいやいや！　どうせなら一思いにやってくれでござるよ！」

「餓鬼玉だ。こいつはお前の中に入り込み内側から食い散らかす。最終的にはお前も餓鬼玉の一部となり、永遠に癒されない飢えに苛(さいな)まれ続けることになるわけだが、死ぬことはないから安心しろ」

「いやぁぁぁあ！　死んだほうがましでござるよぉ！」

花川は壁にへばり付き、激しく首を振って拒否した。

ボイドがゆっくりと手を挙げる。餓鬼玉を振りかぶり、投げ付けようとした瞬間、ボイドの頭がころりと落ちた。

首から血を噴き出しながら胴体が倒れていく。その上に落ちた餓鬼玉がボイドの身体を平らげていき、あっという間に食べ尽くすと何処(いずこ)かへと消えていった。

「何が？」

唐突に危機から脱し、花川は呆然となった。

「レベル差がどうのと言ってたが通用するじゃねぇか。拍子抜けだな」

細身の男が広間に入ってきた。

「その、これはあなたが!……?」

「よぉ。久しぶり」

「と言われましても」

知り合いのように言われても、花川にはまるで心当たりがなかった。

「一緒に召喚されただろ? 俺は先に出てったけどな」

召喚直後、何やら騒ぎになっていたことを花川は思い出した。

「それが何故にこんなところに?」

「適当にうろうろしてたんだが、思ったよりもつまんなくてな。元の世界に帰ろうと調べてたら、魔王だかを倒せばいいってことでよ。こいつだよな?」

男がボイドの頭部を踏み付けた。

「さらなる裏ボスとかがいなければそのはずでござるが」

「お、来たな」

男の身体が輝きはじめる。東田に起こった現象と同じであり、今度は花川の身体も輝いていた。

福原とフィリップはどうなったのかと見てみると、やはり輝いている。ただし、真っ二つになったままでだ。

「ヒール！」

花川は福原たちに駆け寄り回復魔法を使った。ここまで一緒にやってきた仲だ。さすがに見捨てることはできなかった。

「花川……勝ったのか？」

身体が元通りになった福原が訊いてきた。

「そうなんでござるが……え？　けっきょく自由になるってこういうことでござるか？　あの王女様、どうせ帰還すると思って適当なこと言ってたんでござるね！　ふざけんなでござ――」

花川はベッドの上で飛び起きた。

「――るよ！　……へ？」

花川は混乱した。あまりにも状況が変わり過ぎて理解が追い付かない。

だが、よくよく考えてみれば、全てが夢だったと思えば何の問題もない状況だった。

花川は自分の部屋で、ベッドの上で寝ていただけ。異世界で一年ほど過ごした記憶があったとしても、それで全ての説明ができてしまうのだ。

「ステータスオープン！」

花川は、まだギフトが使えるかと淡い期待を持って宣言した。だが、当然何も出てはこなかった。

＊＊＊＊＊

知千佳たちが異世界に来てすぐのこと。

ドラゴンが死に、バスから出たところに花川たちがやってきて、東田と福原が倒れ、花川が夜霧の即死能力の前に観念して延々と喋り続け、ようやく語り終えたところだった。

「……つまり、お前ら三人は魔王を倒したら、元の世界に追い返されたんだな」

花川の過剰に装飾された話を、夜霧は簡単にまとめた。

「拙者の異世界チート冒険談をあっさり要約しないでいただきたい！」

知千佳は、よくもまあこれだけべらべらと喋れるものだと呆れながらも感心していた。

獣人

「ということデ！　全ては夢だったので今さらいろんなことを蒸し返すのはなしなのデース！　の会ですよー！」

とあるカラオケ店のパーティルーム。マイクを握ったキャロル・S・レーンが宣言していた。

修学旅行に行ったのが高校二年生の三学期。鳳春人（おおとりはると）たちのクラスは混乱のうちに二年生を終えることになった。クラスのかなりの人数が異世界から帰ってこられなかったのだ。そのまま暢気（のんき）に学校生活を送れるわけもなく、心の整理もつかないままに春休みとなったのだが、キャロルが何かしらの踏ん切りを付ける会をしたいと言いだしたのだ。

春人は部屋の中を見回した。部屋の中央に大きなテーブルがあり、豪勢な料理が並べられている。テーブルの周りにはちらほらとクラスメイトたちが座っていた。

——さすがに全員は来ないか……。

異世界から帰還したのは二十九名で、この場にいるのは十五名だ。

何人かは学校に来なくなっていたし、転校した者もいる。クラスメイトと顔を合わせれば嫌でも異世界での出来事を思い出してしまうだろうし、それも仕方がないだろう。

高遠（たかとお）夜霧の姿はなかった。彼のことだから来るのが面倒くさかっただけかもしれない。壇ノ浦（だんのうら）知千佳も来ていないが、夜霧が来ないなら彼女も来ないのが自然かもしれなかった。

参加者の中で気になるのは、篠崎綾香（しのざきあやか）だった。彼女は、世界がやり直され異世界召喚直後に戻ったとき、バスにいなかった。つまり高遠夜霧に殺されたと思われるし、帰還者の人数にも含まれていないはずなのだ。なのになぜかこの場にはいて、当たり前のように席についていた。

「ちょっとみなさん！　盛り上がりに欠ける気がするのデスガ!?」

そんなことを言われてもな、と春人は思った。

「歌うという気分でもないだろう」

矢崎卓（やざきすぐる）が呆れたように言った。異世界では将軍（ジェネラル）だった彼だが、そんな態度はなりを潜めている。仕切りたがるのが生来の性質というわけでもなかったのだろう。

「歌えとは言いませんケド！　と言いますか、歌に夢中になられてもそれはそれで困るのデスガ！」

「そう言われても……私たち無茶苦茶しちゃってたわけでしょ。それをなかったことにはできそうにないし、だから今日の集まりにも顔を出したんだけどさ。その……やりあっちゃったわけだし……」

大谷柚衣（おおたにゆい）、異世界ではチアリーダーだった彼女がちらりと春人を見た。春人もバツが悪かった。

春人は何かと彼女を利用していたからだ。

しかも、マニー王国の地下にある魔界六層では、謎の不定形生物に襲われた彼女を見捨てて逃げ出してすらいる。これで元通り仲良くできるわけもなかった。

「そう！　それなんデスヨ！　今日話したかったのは！　いいですか、皆さん、ぶっちゃけますけど、私たちは殺し合いをしました。いえ、させられたのです！　それは私たちのせいではないのデスヨ！」

「……強制されたたって言っても、生き残るためだって言っても、私たちは実際に殺そうとして……」

「カルネアデスの板はご存じです？　古代ギリシャの時代から、どうしようもないときは罪に問われないことになっています。殺さなければ殺されるという状況であれば、それは仕方がなかったのですよ！」

カルネアデスの板は、思考実験の一種だ。

船が難破し、海に投げ出された乗組員が二人いる。一人が船の板きれにしがみついたところ、もう一人がやってくる。しかし、二人が掴まれば板は沈んでしまう。その状況において、後から来た者を突き飛ばして板を独り占めして生き残ることは罪に問われるのか、という問題だ。

一般的にこの状況は緊急避難に該当するとされ、罪にはならないとされている。

「でも、だからってそれを納得はできないし……それに……そんな状況だと簡単に人を殺そうとしてしまう自分を赦せるのかって……」

「異常な状況で、異常な行動を取ってしまう。それは、その人の本質でも本心でもありまセンヨ？　お酒を呑んで暴れても、それはお酒のせいなのです！」

「いや……それはどうなんだ……」

春人は思わずぼやいた。酒は自分が好きで呑むものだろう。酔って暴れることがわかっているのなら呑まなければいいだけの話だ。

「そもそも、あんな状況だったとしても、全員がクラスメイトを殺そうと行動したのはおかしいと思いませんか？　あれは賢者による思考誘導が行われていたのです！　その点については、賢者シオンも認めていましたよ！」

「今さら何を言っても言い訳でしかないが……クラスメイトを囮としてバスに置いていくなど、普段の俺であれば考えもしなかったと思う……」

矢崎がゆっくりと言った。

ただ異世界人を召喚し、力を与え、賢者の試練をこなさなければ殺すと言ったとしても、平和ボケした日本人の高校生が即座にクラスメイトを見捨てるわけがなかった。

思考誘導は確かにあったのだ。それは好戦性を増し、力に溺れるようにと仕組まれていた。

——それは僕も同じか……。

コンサルタントの力を用い、橘裕樹を唆した。これも本来の春人なら行わなかったことだろう。

多少シニカルな面があることは自覚しているが、そこまで冷徹でも、計算高くもなかったはずだ。

「ですので！　あったことは受け止めつつ、やはり夢だったのだと思うしかないのですよ！　けっきょく、死んだはずの、殺したはずの皆さんがこうしてここにいるわけなのですし！　それにあんなことがあったからこそ、次は間違えないようにしようと思うこともできるのではないですか！そう！　あの経験を活かせば、たいていの問題はたいしたことがないと思えますし！　人に優しくもできるのデース！」

キャロルが無理矢理に話をまとめた。どうにもうさんくさいが、とりあえずはそう思うしかないというのも事実だろう。春人たちはまだ高校生であり、これからも人生は続いていくのだ。済んだことにいつまでも囚（とら）われてはいられない。

「ああ、もう、歌います！」

袖衣がマイクを握り立ち上がった。

流行の曲を歌い出せば、ぎこちなくはあったがそれなりに盛り上がりはじめたようだ。

「鳳クンは背中に翼が生えて空を飛んだらしいですネ？」

隣に座ったキャロルが、そっと春人の耳元に囁いた。

「……蒸し返さないとか言ってなかったかな？」

「オオー!?　それとこれとは話が違うのではないですカ？　あ、ちなみに異世界のあれこれを各人にインタビューしていまして、複数人から証言は得られているのですよ？」

魔界第六層でのことだ。謎の不定形生物の襲撃から逃れるために、春人は獣人としての力を解放し空へ飛んだのだ。これは切り札であり、目撃者は全て不定形生物に殺されると見做して力を使ったのだが、まさか時が戻るなどとは思っていなかった。

「それは、能力が覚醒し――」

「どう拡大解釈しても覚醒したコンサルタントが空へ飛んでいくとは思えないですネ？　それとも何ですか？　御社を翼が生えたかのように高みへと導くということですか？」

異世界での不思議な出来事だった。そう言い訳しようとしたのだが、キャロルに先回りされてしまった。

それに、夜霧たちには獣人であることを話しているので、そちらから話が伝わっているかもしれない。冗談だったと誤魔化すこともできるが、春人はどうでもよくなってきた。

「話が違うと言ったのは、その翼というのは異世界由来ではない、元から持っていた能力なのではないかということですよ。異世界で起こったあれこれを今さらどうこうは言いませんが、それとは関係なくこの現代日本において異能を保持しているかもしれない相手は警戒してしかるべきですよネ？」

「さっさと転校でもすればよかったか」

どこまで知っているのかは定かではないが、おそらく下調べは済んでいるのだろう。キャロルには確信に近いものがあるようだった。

「普通に引っ越したぐらいなら、追いかけるのは簡単かと思いますよ？　それとも裏の世界にコネでも？」

そんなものはなかった。春人の家は獣人社会においては傍系でしかなく、ほとんど一般人でしかなかったのだ。よって住所の偽装は困難であり、引っ越し先を調べるぐらいは誰にでもできるだろうと思われた。

「それで。そんな話をこんなところでしようというのか？」

「大丈夫デース！　誰も聞いてませんし、私がそんな話をしたところで、また忍者だかアニメだかそんな話だと思われるだけデスネ！」

「もしかして、それはわざとなのか？」

ふと、キャロルのわざとらしい話し方が気になった。

「そのとおりです！　実は日本語ペラペラなのですよ。片言の日本かぶれ外国人キャラというのは、いざというときのためのカモフラージュなのです！」

「どうなんだそれは。何かを隠そうとして余計に目立っているんじゃないのか？」

「それはあちらを立てればこちらが立たぬ、目くそ鼻くそというヤツですね！」

やはり日本語は少し怪しいのではないかと春人は思った。

「このようなことを明かしたのは少しでも信頼してほしいからでして、何もあなたを化け物だと迫害するつもりも、興味本位で追い回すつもりもないのですよ。ただ、私の立場上、確認しないといけないのですネ」

「立場、ね。何かしら怪しい点は多いと思っていたけど」

彼女もシオンによるマインドコントロールを受けていたはずだが、その割には妙に冷静であり続けていた。その行動から推測するに、夜霧については事前に知っていて彼と敵対しないように立ち回っていたのだ。つまり、思考誘導されていようと関係がないぐらいに、夜霧に脅威を感じていたのだろう。

「ま、私のことは妖怪ハンターぐらいに思ってもらえればよいですよ。今のところはそれで支障はありませんから！」

「獣人を狩ろうとでも？」

「私たちもおとなしくしている獣人さんをどうこうしようとは思ってないのですよ。実際、鳳くんのことは何も知りませんでしたから、こんなことでもなかったら関わることはなかったですね」

それはそのとおりだろう。春人たち獣人はその正体を徹底的に隠している。本来なら、殺されたとしても正体を明かすことはなく、人の姿のまま死んでいくのだ。異世界での変身は、春人が正気ではなかったことを意味していた。やはり、シオンによる思考誘導は根深く、掟を蔑ろにするまでに精神を蝕んでいたのだ。

「わかったよ。僕も、妖怪だか忍者だかの話をするとしよう。それで、何を確認したいんだ？」

「ずばり！　鳳くんは土着の獣人ということでよろしいですか？」

「そうだね。僕の一族はずっと昔から日本にいる。まあ、僕だけどこかから拾われてきたなんて可能性もゼロではないんだろうけど」

「そんなことを言いだせばキリがありませんしね。では皇関連ということですね？」

「なんでそんなトップシークレットが漏れてるんだよ……」

春人は思わずあたりを見回した。幸い、こちらに注目している者はいなかった。

皇が裏社会を牛耳っているというのは知られている話だが、その後ろ盾に獣人の力があることは知られていないはずだった。

「そこは蛇の道は蛇というやつですねー。そもそも大勢の人々が関わっていることを完全に秘密になんてできっこないですよ？」

そもそも、春人は下っ端過ぎて上層部がどんな組織と関わりがあるかなどまるでわかってはいなかった。獣人の存在が秘密だとはいえ、何かしらの同盟組織などがあり、秘密が共有されていてもおかしくはないだろう。

「皇を知っているのなら話は早いな。伝手があるのなら照会すればいい。僕なんかは傍系の末端に過ぎないけど、一族郎党の全てを隅々まで把握しているはずだよ」

はぐれ獣人などがいて勝手なことをされては目も当てられない。皇は全ての獣人を管理しているはずだった。

「うーん？　もしかして鳳さんは、皇の現状をご存じではない？」

「そう言われてもね。滅多にお目にかかることはないし……後継者争いがあったような話は聞いたけれど」

長子である姉のあかねは関わっていたはずだが、末子である春人にはほとんど関係ないことだった。鳳家が早々に脱落したことぐらいは知っているが、その後の経緯はわかっていない。さすがにトップが決まったのなら大々的に披露するだろうし、まだ決着はついていないのだと春人は思っていた。

「皇は壊滅状態ですよ？　皇楸が没し、それを機に後継者争いが起こり、最終的に猫の獣人の方がその権力を手にすることになったとのことなんですが」

「なんでそんなことまで知ってるんだ……」

春人は呆れた。部外者が春人以上に事情に精通しているのだ。自分がいかに小物なのか思い知らされるようだった。

「我々としてもそのあたりの把握は死活問題なわけで、情報収集には必死なのですよね」

「猫と言えば小西家か。そこが勝ったのならそれで終わりの話じゃないのか？」

「ところがですね。皇が持っていた獣人を支配する力が継承されることはなかったのですよ。おかげで勝ったところでその権力など砂上の楼閣。けっきょくのところ獣人を掌握することができず、ぐだぐだになって今に至るというわけですね」

「継承ってどういうことだ？　獣人を従える力は皇家固有のものじゃなかったのか？」

春人は、皇一族を見たときのことを思い出した。遠目に見ただけに過ぎないが、それでも獣人を圧倒する気配を感じたものだ。

「その力は定期的に補充する、といった性質のもののようですね。その補充元が機能しなくなったことを皇は隠していたわけですが、それを小西家がというか、皆が知ることとなったわけです」

「つまり、獣人を統括する組織が存在していない……」

「そういうわけです。照会しようにも窓口が機能しているかも怪しいところなのです」

「だとすれば土着がどうかなど証明しようもないけど、信じてもらうしかないね」

「今の反応で皇と関係ないわけがないですから、疑いは晴れましたよ」

「そもそも僕は何を疑われていたんだ？」

「実は吸血鬼由来の獣人がこのあたりにやってきたという噂がありまして。もしかして何か関係がないかと探りを入れていたわけなのですが！」

「探るというより直接訊いていただけだと思うけど、しかし吸血鬼？」

吸血生物由来の獣人でもいたかと春人は考えた。獣人は元となった生物の性質を色濃く受け継ぐ。食性はほぼそのままなので、血が主食の生物がいるなら吸血鬼と言っていいのかもしれないが、思い当たる獣人はいなかった。

「そうなのです。日光や十字架が苦手だったり、鏡に写らなかったり影がなかったり、霧や蝙蝠（こうもり）や狼に変化したりするあの吸血鬼ですよ」

「それはフィクションだろう?」

「おやおや、フィクションみたいな獣人の鳳くんがそんなことを言いますか」

「獣人はそういう生物と考えられなくもないだろう。だけど吸血鬼なんて言われるとオカルトそのもの……いや、いてもおかしくはないのか?」

なにせ異世界に転移するなどということがあるのだ。他にどんな不思議なことがあったとしても受け入れる余地はあった。

「土着の鳳くんに対して外来種というわけですが、心当たりはなさそうな感じですね。もしかして匿っているなんてことがあるかと思っていたのですが」

「他に獣人のグループがあるなんて聞いたことがなかったな。いや、世界のどこかにいると言われればそういうものかとは思うけど」

「大別すると三種類ほどでしょうか。一つは何か昔からいるそういう生物ですね。もう一つは吸血鬼が下僕として作り出したような獣人で、さらにもう一つは宇宙生物が作り出したやつです。鳳くんは最後のやつですね」

「……は?」

獣人は太古からいる謎の生物。春人はそんな認識でいたのだが、キャロルの言はそれを覆した。

＊＊＊＊＊

獣人でいて幸せなことなどほとんどない。人に正体がばれれば粛清されるし、番となる相手は厳重に管理されているので自由に恋愛をすることもできない。獣人であることを活かせるのは闇の仕事に限られていて、それも上の人間の意のままに操られているだけのことだ。

ただ制限を課せられ、命がけの仕事に従事させられ、見返りはさほどない。獣人は窮屈で不自由な生物だ。

だから春人は、異世界に残ってもいいかと思っていた。

異世界なら獣人の掟に縛られることなどなく、自由に生きていけるからだ。

しかし、いざ選択を迫られると、春人は帰還することを選んだ。これは当たり前の事実ではあるのだが、単純に異世界というのは何かと不便であり、現代人が暮らし続けるのは難しかったからだ。

もちろん現代日本人が何不自由なく暮らせる都市なども存在していたが、大賢者がいなくなった後でも存続できるのかは疑問だった。

あの異世界は新たな神が管理することになった。賢者たちもそのままの地位でいられるわけがなく、その影響力は次第になくなっていくことだろう。賢者やその従者たちもそのうちにいずこかへ追いやられるはずだ。

そうなると、賢者の後ろ盾のない召喚者たちはただの一般人ということになるし、これから先どのような立場になるかわかったものではなかった。

それなら、帰ったほうがましと考える者も多いだろう。クラスメイトのほとんどはそう判断したようだし、春人もそうだったのだ。

「鳥の獣人だったのが幸いしたな」

春人は本州の西端、窓之島（まどのしま）にいた。実際には半島であるが、この地へ続くのは幅百メートルほどの地峡のみであり、周囲のほとんどは海なので島と見做されてこのような名称となっている。

春人は、窓之島の浜辺に立ち、夜の日本海を眺めていた。正確にいえば、その先にある島を見ているつもりなのだが、ここからではっきりとその姿が見えることはない。

春人は上半身裸になり、脱いだ服は大きめのウェストバッグに入れた。そして背から翼を生やし、ゆっくりと飛び立った。

黒神島（くろかみじま）。

火山の噴火により沈んだとされている島だ。当然船など出ているわけもなく行く手段は限られているのだが、春人には翼がある。吸血鬼をオカルトだと言った春人だが、人の背に生えた程度の翼で空を飛ぶのも十分に常識外れだった。

本来、こんな場所での獣人化は掟で禁じられているのだが、見付からなければいいだけのことだ。皇家はほぼ壊滅状態とのことだし、こんなところでまで掟を守る気はなくなっていた。

思うがままに空を飛ぶ。唯一、獣人でいて幸せだと思える瞬間だろう。しばらく海面すれすれを飛んでいき、黒神島があったとされる地点までやってきた。

海岸線の長さは約十キロメートル、面積は約七平方キロメートルほどの火山島だったが、ほとんどが海に沈んでしまっている。

獣人たちの聖地であり、数年に一度の集会で春人も訪れたことがあったのだが、今では見る影もなかった。

もっとも、鳳家の傍系でしかない春人は島の全貌は知らなかった。神がおわすとされる山には近づくことすら許されなかったからだ。

春人は宙に浮きながらあたりを観察した。

ほとんどと言ったように、ここに島があった名残はあった。火山の山頂付近は海面に露出しているのだ。どうやら海上部分が爆発してなくなったのではなく、噴火でマグマ溜まりが空になり、そこに島全体が落ち込むことで海底へ沈んだらしい。

「だとすればまだ残っているかもしれないけど……覚悟を決めるしかないか」

海上をうろうろしていたところで埒（らち）が明かない。春人は海中へと飛び込んだ。三月とはいえまだ寒い海の中だ。常人なら装備もなしにまともな活動などできないが獣人化した春人にとってはさほど問題ではなかった。

潜ってみれば、案外簡単に探している物が見付かった。

火山に巨大な物体が突き刺さっているのだ。銀色に輝いて見えるそれが春人の目当ての祭祀（さいし）場だった。

「なるほど。キャロルたちはこれを知っていて、宇宙生物が由来だと考えたのか」

それが宇宙船だと言われたなら、そうとしか思えなくなるだろう。全体像はわからないが、細長い物体が山に突き刺さっているような形状だ。幅は三十メートルほど、長さは見えている部分だけで五十メートルほどで、材質はよくわからなかった。

春人は宇宙船らしき物体の上に降り立った。ざっと見たところ、入り口は見当たらないが所々に亀裂が生じている。人が通れるほどの亀裂もあり、そこから春人は内部へと侵入した。

内部に海水が浸水していたが、奥に向かってしばらく泳いでいくと空気のある場所へと出た。床や壁が発光していて中は明るく、見通しもいい。空気も循環しているし、海水もどうにか排水しているようだ。

「さすがに空調が停止していたらお手上げだったな」

獣人が常人よりも丈夫だといっても、何時間も海中で行動できはしない。これは運が良かったのだろう。

適当な部屋を覗くと、そこには円筒が並んでいた。中には、獣とも人とも判別できない胎児のような生物が浮かんでいる。中の生物は生きているようだったが、このまま生まれたとしても世話をする者がいないので、保留状態になっていることを祈るしかないだろう。

「そういえば妊婦を見たことがなかったけど……そんなことで気付けるわけもないな」

普段の生活の中で他の獣人と関わることなどほとんどない。違和感を覚えるほどに適齢期の獣人を見かけることなどなかったのだ。獣人も生殖行為は可能だが、それで子供が生まれることはないのだろう。獣人は一人一人が別種の生物といっていいほどに多様であり、交配不可能だとしても不思議ではなかった。

「そうなると、鳳家もただ鳥系の獣人を寄せ集めているだけという可能性が高いな」

そう考えると、家族に似た顔の者がいないことにも納得できる。もっとも、家族がどれぐらい似通うかなど様々だろうし、それぐらいのことで血縁を疑うわけもなかったが。

「こんな人工的なものだったとはね。しかしこれは……」

獣人の総本山、その秘密の核心。下っ端の春人が知る機会などないはずなのに、どこか見覚えがあった。

「ザクロの治療ポッドか」

春人は異世界で大怪我をしたが、ザクロと名乗る神に助けられた。その際に円筒形の治療装置に入れられたことがあるのだ。

「そうなると……ザクロの手下が僕を助けたのも必然だったのかもしれないな」

なぜ助けられたのかよくわかっていなかったが、大元を辿れば由縁があるのかもしれない。キャロルから話を聞いて以来、漠然と思い描いていた絵図が少しずつ形になってきた。

「これが宇宙船だとして、飛び立てる状態ではないんだろうな。だが動力は完全に停止していないならば……」

春人は船内を探ることにした。いくつかの部屋を巡り、コクピットらしき部屋を見付けた。特に何もないのでここがそうだとは普通ならわからないだろう。

だが、春人には異世界での知識があった。コンサルタントスキルで得た膨大な知識。その中には、興味本位で調べたザクロの船に関するものもあったのだ。

何もないとしか見えない壁を一定の手順で触れる。すると、様々な情報が周囲に浮かび上がりはじめた。

「細部まで同じではないようだけど、パーツの規格が同じ船ということか。そうなるとこれが宇宙船なのか怪しくなってくるな」

宇宙人、地球以外に知的生命は存在するのか。様々な考え方はあるだろうが、楽観的に考えたとしても地球人が宇宙人と遭遇する可能性は著しく低いだろう。宇宙人の存在を肯定しようにも確たる証拠などどこにもなく、全ては推論に過ぎないからだ。

では、この宇宙船のような何かが証拠となるのではないかと考えられるだろうが、春人にはもっと現実的な回答があった。

これは異世界由来の乗り物なのではないか。春人は実際に異世界に行っていて、その存在を知っている。彼にとっては、存在の不確かな宇宙生物の証拠と考えるよりは、異世界からやってきたのだと考えるほうが遙かに理に適っていた。

「なんらかの事故でここに漂着したようだけど、助けを呼ぼうとした形跡はないな」

事故なら緊急信号などを発信するものだろうが、それらしき通信の記録はなかった。

「通信装置は壊れていないようだから、そうなるとどこかから逃げてきたか……試してみるか」

何者かが救出にやってきても困った話になるが、そんな心配よりも好奇心が勝ったのだ。

ただ通信をするにしても闇雲に行ったところで意味はないのだが、春人には心当たりがあった。

ザクロだ。

春人はザクロの固有識別IDを知っていた。異世界でザクロと連絡を取るときに使っていたものだが、このIDが一時的なものでないとすれば、もしかするとここからでも連絡が取れるのではないか。

春人は、空中に出現しているホログラフィックコンソールを操作した。

いくら知識があるといっても異世界の謎の乗り物の端末だ。全てがわかるわけもなく、操作の大半が行き当たりばったりとなるが、とりあえず一通りの通信手順を終えた。

しばらく待ってみたが、特に返信はなかった。

「それも当然の話か」

操作を間違えたかもしれない。通信装置が壊れていたかもしれない。宛先を間違えたかもしれない。通信には膨大な時間がかかるのかもしれない。通信が届いたとしても無視されたかもしれない。

うまくいかない理由はいくらでも考えることができた。

ここでできることはやったので、春人は別の部屋を探ることにした。他にめぼしいものがあるとすれば、やはり獣神だろう。

滅びたとされる獣神はここで祀られていたはずだ。滅びた理由は知らないし、神とまで呼ばれる存在が滅びたわりには獣人の間では騒ぎになっていなかった。すでに形骸化した象徴でしかなかったのだろう。

だが、皇の力、全ての獣人を支配する力が継承されなかったという話を聞くと、また様相が変わってくる。やはり神の威光があってこその力だったのではないか。皇が壊滅状態というのも、根本的な原因はやはり神の不在にあるのではないか。

適当にうろつきまわり、春人は円形の広場を見付けた。

獣人の死体が積み上がっていた。島が沈んだのは数年前のことだから、それ以来放置されていたことになるが、腐っている様子はない。春人は獣人の死体がどうなるのか知らなかったが、こういうものなのだろう。

「獣神の骸(むくろ)があるとすればここかと思ったけど……さすがにこれじゃないだろう」

見たところ、様々な種類の獣人の死体が山のようになっているだけだ。

「お手上げかな」

あれこれと探り回っているのは自らのルーツを知りたいという好奇心によるものだ。おおよその知りたいことは知れた気もするし、このあたりが潮時なのかもしれない。

「探し物かね？」

「まさか……」

　振り向くと、黒いスーツを着た細身の男が立っていた。

「呼ばれて、やってくる手段があり、コストもたいしてかからないなら、とりあえずやってくるだろ？」

「まさか来ていただけるとは……その……こう言ってはなんなのですが、別にたいした用事があったわけでは……」

　何か反応があれば面白いと思ってダメ元でやってみただけだった。恐れ多くなり、春人は縮こまった。

「ああ、別に構わない。ここにいる俺は影だからな。君の世界の言葉で言えば一時的なキャッシュのようなものか。重要な情報でもあれば本体に反映させるが、どうでもよければこのまま消えるだけのことだ。だから気楽に接してくれればいい」

「その、お久しぶりです。僕のことは覚えておられるのでしょうか？」

　もしかすると異世界で会ったのも影だったのかもしれず、そうなるとその情報が本体に伝わっているかはわからなかった。

「ああ。主上がいる可能性が高い場所には本体で出向いていた。後でいろいろと言われかねないからな」

「その、ＵＥＧ様は……」

「滅びたことは承知している。あの性格だからな。いずれはそんなこともあるかと思っていた。行方不明になっていてもたいした問題はなかったので、さほど影響はないのだが。それで、何か探していたのか？」

「はい、ここにいたはずのオカシラ様と呼ばれていた獣神を探していたのですが」

「ふむ……名残はあるな。こっちだ」

ザクロが円形の広場の端へと向かっていく。春人はその後をついていった。

「あの死体の山にも名残があるから、あれを身体として使っていたようだな。しかし、コアはこれだ」

「……これですか？」

ザクロが示す先にぐちゃりと潰れた何かがあった。はっきりと足跡が残っているので踏み潰されたのであろうとはわかるが、それ以外にはよくわからない塊がそこにあったのだ。

「ああ。中枢部分はこれだな。見たところ、コアだけを逃そうとしたところを踏み潰されたというところか。で、どうする？」

「どうする、とは？」

「まさか、これを見付けるためだけに俺を呼んだのではないだろう？」

ザクロの顔が呆気に取られたようになった。

「いえ、まさか来ていただけるとは思っておらず、用事があったかと言われれば、確かにこれを探

そうとはしていたのですが……」

「てっきり、これを蘇らせろということかと思ったのだが」

「できるのですか？」

「おそらくは可能だろう。死に切ってはいないようだしな。もっとも自力で蘇れる状態でもなさそうだが」

「僕などの願いをそんなに簡単に叶えてもいいのですか？」

「簡単にできることなら断る理由がないな」

　ザクロはそのような神だった。強大な力があるが故に、どうでもいいことに出し惜しみをしないのだ。

「少し……考えさせてもらえないですか」

「それはいいが、ここにいるのはしょせんはいつ消えてもいい影だということは忘れないでくれ」

　獣神。獣人の信仰の拠り所であり、その象徴。信奉者であるなら即座に復活に取りかかるべきなのかもしれないが、このままでもいいのではないかと現代日本の若者としての春人は考えてしまう。

　皇体制の崩壊は、獣神の死亡が原因なのだろう。このまま放っておけば、獣人社会もそのうちに消滅してしまうかもしれず、それこそが春人にとって理想の展開なのではと思うのだ。

　獣人のしがらみがなくなって困ることなど春人にはない。二度と変身せず、人としての人生を送ればいいだけのことだ。

――しかし、獣人社会がなくなるというのは楽観的な想定かもしれない……。

現状、皇体制が揺るいだのは皇家が持つ獣人を支配する力が継承されなかったためだ。要はそれだけのことなので、力によって獣人を統一しようとする勢力が出てくるかもしれない。そうなれば、それほど力のない鳳家では分が悪かった。新たな体制では今以上に虐げられる可能性も出てくるだろう。

それならばここで獣神の復活を行い、獣神に取り入ったほうがまだましなのかもしれない。

「復活をお願いできるでしょうか」

けっきょく、いろいろと考えはしたが一番の理由は好奇心だった。傍系の末子では拝謁することなど叶わなかった獣神。その姿を見てみたいと思ったのだ。

「承知した」

ザクロが潰れた塊に掌を向け光を照射する。すると塊が蠢きだし、元の形を取り戻していった。ひしゃげた塊が球体状へと変化する。それは人の頭部のようだった。頭髪のない、赤子の頭だけといった形だ。

『おお……おお！　力が……取り戻されていく！』

脳裏に声が響いた。赤子の口は動いていないが、それから発せられていることは自明だった。オカシラ様とは頭部だけのこの姿からそう呼ばれるようになったのかもしれないが、これだけなのだとすれば春人にとっては拍子抜けだった。

『身体を……よこせ……』

オカシラが春人を睨み付けた。まさかとは思ったが、春人の身体を欲しているらしい。

「ふむ。それよりもあちらにあるアレでいいのではないか？　元々はアレを使っていたのだろう？」

春人をかばったのか、ザクロが左手でオカシラを持ち上げた。口に指をかけて保持するという、実に雑な持ち方だ。

『貴様……何者だ？　どうしてこんなところにいる？』

「それはどうでもいいだろう。お前は復活できるのだ。些事は捨て置けばいい」

ザクロが山積みになった死体へと近づいていき、右手を死骸へと向け光を照射する。すると、死んでいるはずの獣人たちが蠢（うごめ）きはじめた。

「こんな簡単に蘇生などできるのですか？」

「簡単かどうかは見方によるな。魂はすでにないし身体だけが活性化したような状態だが、こいつにとってはそれで問題なかろう」

ザクロが無造作にオカシラを放り投げた。頭部だけの奇妙な生き物が死骸の山に着地する。頭部は死骸に埋もれていき、すぐに変化が始まった。

獣人たちの身体が形をなくし、一所に集まろうとしているのだ。融合し、増殖し、次第にそれは形を整えていく。そして、できあがったのは様々な獣の特徴を備えたキメラだった。

四本の獣の足、背には翼、尻尾は蛇、巨大な人の頭部を持つ、金色の巨大な獣。まさしく獣の神であり、獣人を従える存在と言えた。

それを目の当たりにすれば、獣人でなくともひれ伏すことだろう。それは神意を放っていた。どれほどの阿呆であっても、即座に格の違いを思い知るはずだ。

「はははははっ！」

オカシラが大笑し、広場が震えた。再び身体を得たことがよほどうれしいのか、その場でぐるぐると子犬のようにはしゃいでいる。

そして、それを見ている春人は、獣神といってもこんなものかと冷めた目をしていた。

本来、そんな思考をすることを獣人は許されていない。身体が、知恵が、思想が、その全てが獣神に仕えるために存在しているのだ。だが、春人は、その存在にそれほどの畏怖を感じてはいなかった。

もちろん、戦えば負けるだろう。獣人が優れているといっても人よりも少し身体能力で上回っているだけであり、これほどの巨大な獣が相手では勝負以前の問題だ。

だが、それは野生の熊を相手にしても同じことだろう。春人にはそれが、ただ巨大で狂暴な獣にしか見えていなかったのだ。

「なんだか馬鹿らしくなったよ、こんな獣に人生を振り回されていたのかと思うと」

「貴様！　なぜひれ伏さぬ！　頭(こうべ)を垂れぬのだ！」

少し落ち着いてきたのか、オカシラは突っ立っている春人に気付いた。

「そう言われてもね。僕も慣れてしまったということなんだろうな」

異世界での経験が春人を強くしていた。春人は、オカシラなどよりも遥かに強大な神性と遭遇している。それらと比べれば、獣神といったところでひどく薄っぺらい存在としか思えなかった。

実際、冷静になって見てみればどうにも小物臭い。背景情報を抜きにしてしまえば、神としての威厳など感じられなかったのだ。

「餌ごときがほざきよるわ！　まあいい。貴様など一呑みよ！　力は……眠る直前にまで戻っているようだな！　ならばもう少しだ！　全ての餌を喰らい、完全なる力を取り戻す！　全てを支配し、星の海へと到達するのだ！」

ビジョンが春人の脳裏に流れ込んできた。

どこかからやってきたオカシラが原始の地球に漂着する。

重大な損傷を負ったオカシラは眠りにつき、時折覚醒するようになった。

修復には滋養が必要だった。だが、この星の生命はオカシラには適合しない。そのためこの星の生命体に改造を施し、取り込めるように少しずつ改変していったのだ。

改造した餌を取り込み、少しずつ身体の修復を試みる。微睡み、目覚め、そんなことを繰り返すうちに、作り出した生命は文明を育み、星の海へと届くようになりつつあった。

そのため、ただ喰らうのはやめた。いつか星の海へと帰るため、利用しようと考えはじめたのだ。

――星の海とは宇宙か？　いや、やはり異世界のことなのか。どちらにせよ、この勢いならこのまま事に及びそうだ。

復活したオカシラはこの文明を支配し、利用するつもりだろう。つまりは世界征服だ。今時世界征服など馬鹿みたいな話だが、人間とは別種の生物による支配なら人の利害など無視できるだろうし、あながち不可能でもないかもしれなかった。

「ザクロ様。取り消してもいいでしょうか？　やはりこれは死んだままでいてもらったほうが都合がよさそうです」

「そうか？　ならばそうするが」

ザクロが片手をオカシラに向けた。

「貴様！　何のつもりだ！　そんな餌ごときに従うというのか！　やめろ！」

力の差は歴然なのか、オカシラは途端に慌て後ずさった。

「ふむ。春人は再び殺せと言い、お前はやめろと言う。俺からすればどちらの言を聞こうが構わない状況ではあるのだが……悪いな。どうやら俺は、春人に親しみを持っているようだ」

ザクロの手から光が放射され、オカシラを包み込む。途端に、オカシラの身体が燃え上がった。

オカシラが悶え苦しみ、変形する。膨れ上がり、春人たちに向かって増殖した肉の手を伸ばすが、それは届くことなく燃え尽きた。

オカシラの身体が、歪み、分裂し、炭化していく。

『……おお……俺は……帰るのだ……海へ……』

肉声を発することはできなくなったのか、春人の脳裏へ声が流れ込んでくる。助けろと。燃えさかる炎に飛び込み、中枢を救い出せと訴えかけてきた。

だが、春人は動かなかった。獣人の創造主による、支配する力。本来なら逆らいようのない力を、春人は撥ね除けたのだ。

しばらくして、全ては消し炭となった。今度こそ、完膚なきまでに死んだはずだった。

「ああ、言い忘れていたが。ある程度強い神は死のうがどこからか再び湧き出てくるものだ。完全に滅ぼす方法はない……ないはずだった」

「それは今日明日というものですか？」

「いや、数万年というスパンでの話だな」

「ならば問題ないでしょう」

そんな先の話は春人にすればどうでもいい話だった。

「しかし、事情はわからないが、あれは春人の親のようなものだろう？　今さらだがよかったのか？」

「世界征服とか土台無理な話なんで、巻き込まれるのは迷惑なんですよ。なにせこの世界には高遠夜霧がいますからね」

オカシラが死ぬだけならいいが、獣人が巻き添えを喰らう可能性があった。なにしろ、障害を排除するために、ほとんど関係のないような者まで何千万人と殺した実績が夜霧にはあるのだ。

「そうか。ところで今ので力を使い果たした」

「え？　もしかして危なかったですか？」

「ああ。殺し切れなかったら返り討ちにされていたところだな。また何か用事があったら呼んでくれ。本体も春人には親しみを持っているはずだから無下にはしないはずだ」

「今回の件は本体には反映されないんですか？」

「反映も手間がかかるからな。今回はそれほどのことでもないと判断した」

そう言って、ザクロの影はあっさりと消え去った。

「さて、どうしたものかな」

なんとなくではあるが、獣人社会での立ち回り方がわかってきたような気がした。

獣人を支配する力。それを撥ね除けたことにより、その扱い方のようなものが見えてきたのだ。

「まあ、やり過ぎないことだろうね」

高遠夜霧。その存在を知ってしまった者は、否が応でも意識し続けることになる。何をしようとしても、越えてはいけない絶対の一線が見えてくるのだ。

「しかし呼んでくれと言われてもな……」

海に沈んだ謎の乗り物の通信設備。これをどうするべきかと春人は頭を悩ませるのだった。

名前

壇ノ浦流弓術は、平安時代ごろに創始されたとされる武術だ。

いわゆる古流武術であり、弓術だけに留まらず戦闘に関する技術を一通り網羅している。

元々は家伝ではなく広く門戸を開いていたが、時代を経るにつれて実質的には一子相伝といった様相を呈していき、現代においては壇ノ浦家だけが伝える知る人ぞ知る門派となっていた。

こう聞くと、技を秘匿するためにそうなったと思われるかもしれないが、壇ノ浦流は技を隠すことに固執はしていない。もちろん、知られないに越したことはないのだが、技の全てが秘密になっていることを前提に戦うことは逆に危険ですらあるのだ。理想は、知られようが、対策されようが関係なく勝ち切ることのできる技術体系であり、壇ノ浦流弓術の目指す先はそこにあった。そして、壇ノ浦流はその研鑽(けんさん)の果てに、超人にしか使いこなせない技術を作りあげてしまったのだ。

強靱で優秀な肉体を獲得するために強者の血を取り入れ続け、その血統を前提とした修練と技術を模索する。当然、並の人間では使いこなせない技へと先鋭化していき、現在へ至ったというわけだ。

そのため、弟子をとるなどできなくなっている。なってはいるのだが、知千佳が高校二年生の現在、壇ノ浦流にはなぜか弟子がいるのだった。

極楽天福良。知千佳が高校に入学したころに弟子入りしてきた少女だ。すぐにやめるだろうと壇ノ浦家の皆が思っていたのだが、福良は今も壇ノ浦の道場に通ってきているのだった。

「これは少々深刻な事態になってきたぞ？」

壇ノ浦家にある道場。そこでは姉妹が向き合っていた。妹の知千佳はジャージ姿であぐらをかいていて、姉の千春は作務衣を着て大足を広げている。

千春はとにかく丸いという印象の女なのだが、不摂生がためにこの体型なのではない。要は相撲取りなどと同じで、その内にはみっちりと筋肉が詰まっている。舐められやすい顔と体型ではあるが、油断し侮った者は必ず後悔することになるのだった。

ちなみに、異世界で知千佳と行動を共にしていた先祖であり守護霊でもある壇ノ浦もこもこにそっくりな容姿をしているので、たまにもこもこさんと呼びそうになってしまうのが、最近の知千佳のちょっとした悩みだった。

「深刻って？」

珍しく姉に呼び出された知千佳だが、相談が必要な話題に心当たりはなかった。

「福良ちゃんのことだ！　適当に護身術っぽいものを教えてお茶を濁せばいいいと思っておったが、まったくやめる様子がない！」

「それは別にいいんじゃないの？　私もすぐやめると思ってたけど、続けてくれるならいいことじゃない」

知千佳は福良に護身術を教えることで結構な額の収入を得ていた。正直、やめられると困るところだ。

「ともちゃんも最近じゃぁ、壇ノ浦流の触りぐらいは教えておるだろ？」

福良は実に出来のいい弟子だった。素直だし、教えたことはすぐにできるようになるし、教わったことだけに留まらずに応用も利かせてくる。ただの護身術レベルはとっくに身に付けているので、当初の目的はすでに達成できているのだが、知千佳はさらに踏み込みつつあった。超人にしか無理と思われている壇ノ浦流も、福良のような天才になら部分的に伝えられるのではないかと期待してしまっているのだ。

「ちょっとは教えてるけど、無理のない範囲だよ？」

今のところ、近接戦闘技術は全て捨て、遠距離攻撃に特化して教えていた。理由は大きく分けて二つ。一つは当たり前の話ではあるが、敵に近づくとリスクが高くなるからだ。離れたところから攻撃して倒せるのならそれに越したことはない。もう一つの理由は、壇ノ浦流の打撃技は反動が大きいからだ。もちろん反動を受け流す技術はあるがそれも強靭な肉体を前提としている。中途半端に教えるぐらいなら投擲系の技術に集中したほうが効率的だろうと知千佳は判断していた。

「教えるのはよい。よいのだが、すると重大な問題が発生するわけだよ」

「うーん。思い当たる節はないけど？　安全第一でやって……大怪我をすることはないと思うけど」

言い直したのは安全とは言い切れないと思ったからだった。武術の修行をしている以上、絶対の安全はない。習うのは人を傷付ける技術なのだ。それが有効な技術であるほど、ちょっとした間違いで怪我を負うこともあるだろう。

「名前だ」

「名前？」

「技の名前だ！　対外的に教えるのに今のままではまずかろうと言っているのだ！」

「今のままって……一教とか、一の位とか、一条とか？」

「ナンバリングしただけって！　かっこ悪いだろうが！」

「合気道に喧嘩売ってるの？」

「合気道の技名もちょっと思うところはあるが、四方投げとか入り身投げとか普通の名前のもあるだろうが。うちはほとんどがナンバリングだ！」

技の名前から内容が想像しづらいというのは秘匿性という意味では有効だろうが、壇ノ浦流の場合はおそらく技の名前を考えるのが面倒くさかっただけだろうと思われた。

「そういうものかなって思ってたよ。けどお姉ちゃんが気にしてるのは意外だな。気になってたならさっさと変えそうなものだけど」

「我が開発したオリジナル技は我のセンスでネーミングしておるが、さすがに昔からある技名まで変えられんだろ」

ちなみに一人称が我な千春だが、これでもましになったほうだった。以前は我、妾（わらわ）、僕、朕など一つの会話の中でも頻繁に変えていたからだ。

「オリジナル？　そんなのあったっけ？」

「壇ノ浦式フライングボディアタックとか、壇ノ浦式エクステンドアローとか」

「そっちはそっちでネーミングちゃんとしろよ！」

壇ノ浦式解錠術だとか、壇ノ浦式運転術だとか、戦闘技術とは関係ない技法には、壇ノ浦式と付いた技もあることを知千佳は思い出した。

「今思えば、技名に壇ノ浦式と名付けたところでほぼ情報量はゼロであり、意味がなかったな」

「それはただのフライングボディアタックでしかないよね……エクステンドアローってのは？」

「変形する弓を壁や床に突き刺して固定し、全身で弓を引く大技だな。場所を選ぶが威力は絶大だ！」

「どっちにしろねーわ……」

「うむ、若気の至りだったと深く反省している。いざ人に教えることを思うと、急に恥ずかしくなってきてな！」

「フライングボディアタックとかエクステンドアローは福良ちゃんに教えないと思うけどね」

「我のオリジナル技はおいておくにしてもだ、本格的に教える前に技の名前をどうにかしておかんとまずいだろうと言うことなのだ！」

「でも名前って変えていいものなの？　お爺ちゃんとかの許可は？」

「大丈夫だ！　福良ちゃんに教えるときだけ別名を付けた、ということにしておけばよい。名前そのものの変更はしない！」

「それならいいとして……どんな感じで付けるわけ？」

「そこが相談だな。我が言うのもなんだが、我はネーミングセンスには自信がない」

「エクステンドアローだもんね……」

「なのでともちゃんと相談しながら決めていきたいと思ったわけだ」

「んー、こんなことに時間使うのもどうかと思うけど……」

壮大な時間の無駄にも思えるが、他にすることも特になかった知千佳は付き合うことにした。

「いきなり全部決めるのは無理だから、当面教えるような技だけ決めていこう」

「んー、投擲系でいくつか教えたけど、特に名前は教えてなかったかな？」

「ギリギリセーフだな！　今からでもあれはなんちゃらという技だ！　としれっと言えばまだ間に合う！　何を教えたのだ？」

「えーと……五十三教だっけ？　手首と指の力だけで小石とか投げるやつ」

知千佳はジャージのポケットから取り出した百円玉を無造作に投げ付けた。

百円玉は、道場の端にあるサラリーマンの格好をした人形の目に直撃した。投擲練習用ターゲット、あたるくんだ。ちなみに、買い物帰りの主婦のような格好の人形、ささるちゃんも隣に立っている。

「目が、目がぁ〜！」

「それは五十七教だな。そんな師匠で大丈夫か？」

「……確かにちゃんとわかりやすい名前は付けておいたほうがいいかも……」

正直なところ、知千佳も技名はうろ覚えだった。

「使い勝手がいいから、とりあえず教えたんだけど」

「ふむ……名前を付けるにしても何かしらのパターンは必要だな。たとえば技の形態からだと背負い投げとか入り身投げとかがわかりやすいところだが」

「だとすると手首投げ？」

「……かっこ悪いな……では用途から決めるとすればどうなる？」

「うーん……自在投げとか？」

この技の特徴は、わずかな動きで投擲するため動きを気取られ難いのと、手首の可動域の範囲内でなら自由な方向に投げられることだ。そのため、馬鹿正直に正面の敵を攻撃するよりは、横や背後にいる敵への奇襲に適している技だった。

手首から先しか使わないためそれほど力は籠められないが、手首と指の連動でできうる限りの威力を追求している。

「却下だな！」

「ダメ出しされるだけなら母屋に戻るけど？」

何を言っても文句を言われるだけならやってられない。知千佳は立ち上がりかけた。

「ごめんね！　文句ばっかり言わないから！」

千春がしがみついてきた。情けない姿ではあるが、瞬時に移動して知千佳の動き出しを止めるあたり、さすがと言わざるをえない。

「でも、どうすればいいの？」

「そうだな……それっぽくてかっこよければ、実情を表す必要はないわけで……必殺技みたいなノリでいいのではないか？」

再び向かい合い、千春が考えながら言った。

「うーん……虎爪連牙（こそうれんが）とか、そーゆーの？」

知千佳は、何かのゲームで見たような技名を適当に言ってみた。

「ソレだ！」

「いや、でもさすがにゲームみたいな技の名前を付けちゃうのはどうなの？」

「待て待て。そのまま採用しようというのではない。動物の名前とか入れればそれっぽくなるのではないか？　ということだ。猛虎硬爬山（もうここうはざん）とかそういうやつだな！」

「あれってこう、掻き分けるような動きが虎が山を登ってるみたいってところからだよね？　うーん。投擲系だったらやっぱり鳥かな。鷲とか鷹とか……あ！　飛燕(ひえん)はどう？　動きが速い技とかによく使われてるイメージだけど」

「悪くはない……むしろそういうのを望んでいたのではあるが……だが……何というか古来から伝わる日本の武術感がないのがなぁ……」

「面倒くさいな！　昔の日本ぽいとか知らないけど？　何？　平安時代ぽければいいの？　ありをりはべりいまそがりとか言えばいいの!?」

「いや、平安時代の創始とされているが、その根源はもっと古くにあるようだ。壇ノ浦ひえひえがオリジンということで間違いはないのだろうが、ひえひえの時点で常人離れした化物扱いはされておったようでな。血統の選別は以前より行われておったらしいのだ」

「話そらすなら終わりにするけど？」

「待て待て待て！　方向性自体は悪くないのだ。ただ……そうだな。漢語っぽい音読みが中国っぽさをそこはかとなく醸し出しているのだ。ここは訓読みで……ヒエンではなく、とびつばめのほうがいいのではないかということだな！」

「なるほど。言われてみればそれっぽいかも。古くからあるような……って今ネーミングしてんだけどね！　じゃあ五十七教はとびつばめでいい？」

「いや……とびつばめはもっと速い技にとっておきたい」

「難しいなぁ。五十七教も出は速いと思うけど……昆虫とかでもいいのかな。自在に動く感じだとトンボとか。ホバリングもできるしさ」

「うむうむ……トンボ、ハチ、あたりは使いどころがありそうだが……その、今思ったのはともちゃんの提案と全然関係なくて申し訳ないのだが、斑鳩はどうであろうか？」

「いかるが？　奈良の？　ん？　鳩じゃん！」

「実は斑鳩は鳩ではなくて、イカルというスズメ目の鳥で、古代の奈良のあたりに多く棲息していたため地名となったらしいが諸説ある」

「諸説はどうでもいいけど、なぜそれ？」

「なんか……かっこいい気がしたから……」

「そんな名前のシューティングゲームあったけどね！　てか、お姉ちゃんが名前付けたいって言って始めたんだから、私は特に文句ないけど？」

「ちなみにゲームのほうのネーミングの由来は、イカルが白黒の鳥だからだな」

「あ、なるほど」

シューティングゲームの斑鳩では弾に白と黒の二属性が存在し、切り替えながらプレイする。これまでタイトルの由来など気にしたことはなかったが、言われてみると納得できてしまった。

「イカルがどんな鳥か知らないけど、もうそれでいいよ」

ということで五十七教は斑鳩となった。

「でも、今から名付けてしれっと昔からありましたよってするのは、なんとなく罪悪感がなぁ」

「方便と考えよ！　数字で教えられるほうが困るであろうが！」

「わかった。割り切るよ」

「ではせっかくなので飛燕（とびつばめ）に何を割り当てるかを決めておくか」

「うちで最速の投擲技かぁ。となると四十三教じゃない？　全力で投げるやつ」

四十三教は溜めもモーションも隙も大きいが、威力は絶大という技だ。威力を求めれば最速となるのは当然だった。

「全力は四十八教だろう。どちらにしろ燕というような軽やかな感じではないな」

「となると威力よりは、技の出の速さを重視かな。じゃあ六十二？」

こちらは懐に入っている小石などを取り出す動きから続けてそのまま投げ付ける技だ。

「初動重視となるとそれか。ちょっと居合いっぽい感じがそれっぽいか？」

「それっぽいかはわかんないけど、違和感はないからいいんじゃない？」

「じゃあ飛燕は決定だ。で、今思ったのだが、燕は何かと使い勝手がいいのではなかろうか？」

「鷲や鷹よりは日本古来感があるかな？」

鷲や鷹も古代から存在する言葉なのだろうが、なんとなく固い感じがするためだろうか。燕のほうがより日本感があると言われればそんな気もしてきた。

「うむ。それらは雅（みやび）に欠ける気がするな！」

「なんとも言い難いんだけど、じゃあ燕系でいくつか考える？」

「実際の言葉でありそうなもので言えば、穴燕(あなつばめ)、雨燕(あまつばめ)、岩燕(いわつばめ)、海燕(うみつばめ)などがあるな。言ってみてなんだが、属性付きぽくていいのではないか？」

「属性って言われても。水とか岩とか飛び出してくるわけじゃないし」

「あるにはあるな。液体状の毒や酸をばらまくのが裏二十八以降だ」

「そんなんあるの!?」

「ともちゃんは才能あるのにマジメにやらんからなぁ……まだ裏まで進んどらんだけだろ」

「いやぁ、あんまり積極的にやる気がないというか……」

　修行が嫌いというわけでもないが、好き好んで積極的にやりたいとまでは思っていなかった。家伝なので後代に伝承する義務感ぐらいはあるが、言ってみればそれだけの話であり特別な思い入れはなかった。

「まあ、毒とか使うのはもうちょっと邪悪感溢れる技名にしたいから、今回はやめておこう」

「そもそも、福良ちゃんに教える技に名前を付けとこうって話だしね」

　さすがによく知らない技を教えることはないだろうし、毒とか酸は護身術の域を超え過ぎだろうと知千佳は思った。

「雨なら水という属性以外だと、広範囲だとか逃れられないとかいったイメージか。八十七教あたりが妥当かと思うのだが」

八十七教は回転しながら周囲に礫をばらまく技だ。その様子が雨のように、と言えなくもなかった。

「雨はそれでいいとして、穴とか岩とか海とかはちょっと思い付かないなぁ」

「全てを一気には無理だろう。すでに教えているのは何かあるか？」

「普通に投げるやつとかは真っ先に教えたけど、十八教」

十八番という言葉があるぐらいなので十八は覚えやすい。さすがに間違えていないはずだった。

「十八教か。あれは真っ直ぐ投げるだけなんだが……燕以外の鳥で考えるか」

「鳥縛りは絶対なんだ。んー、シマエナガとか？」

北海道に棲息する、雪の妖精と呼ばれるぐらいに可愛らしい見た目が特徴の野鳥のことだ。

「それ、ともちゃんが好きなだけだろ。いや、我も好きだが、技名にはなぁ」

「雀とか？　福良ちゃんの名前はそこからららしいけど」

極楽天家では縁起のいい名前を付ける慣習があるらしく、ふくら雀から付けられたとのことだ。

福良も雀が好きなのか、鞄にはふくら雀の根付けを付けていた。

「シマエナガもそうだがあまり強そうなイメージではないな」

「うーん……強そう……鷲とか鷹が駄目なら……鴉はどう？」

知千佳は住宅地でゴミを漁っている姿を思い描いた。狡猾でしぶとそうなイメージがある。

「お！　いい線をいっているのではないか？　日本古来という感じがするしな！　八咫烏とかもお

るし！」

「八咫烏をそのままは恐れ多いか」

「だな。十八教は通常技といったイメージだ。もし使うとしてももっと大技だろう」

「じゃあ鴉単体でもいいんじゃ」

「あー、シンプルな単語だけってのも逆につよわざ感があるのだよなぁ」

「飛鴉（とびがらす）？」

「やってることは飛燕と同じなんだが、なんかしっくりこんよな」

「じゃあもう鴉を含む単語を調べるよ」

　知千佳はジャージのポケットからスマートフォンを取り出した。

「しっくりくるやつ……これはどうかな？　明鴉（あけがらす）」

「意味はどうだ？　あまりにも的外れだと困るのだが」

「えーと……明け方に鳴くカラス。またはその声。夜明け烏ともいう、と。あとは、男女の交情の夢を破るつれないものって、さすがにこれは……」

「よし！　無茶苦茶的外れ感もない！　つれないとは冷淡とか無情といった意味だ！　命を終わらせ無情を告げる鴉ということで一つ！」

「技とあんまり関係ないし、それ言いだしたらだいたいの技が命を終わらせるんだけど、お姉ちゃんがいいならいいいよ」

他に考えるのも面倒になった知千佳はそれでいいことにした。

「おおよその傾向は摑めてきたか。だったらこのまま大技も決めておこう。さっきの四十八教だ。あれは威力がとんでもないからな。ちょっと派手めにいきたいところだ」

「あれ、福良ちゃんに教えちゃって大丈夫かな。たぶん、そのままじゃ無理だと思うけど」

「術理の全ては再現不可能だろうからできる範囲でやるしかないわな。万が一の際に便利ではあるし」

全身の筋肉、腱、骨を用いるのはもちろんのこと、血流や内臓の動きまで全てを利用した全力の投擲だ。当然、普通の人間では再現不可能なので、制御可能な部位だけを用いて応用するしかなかった。

「じゃあそれが八咫烏でいいんじゃ？」

「八咫烏……八咫烏なぁ……何か違う気がするのだ。こちらも大技に使ってよいとは思うのだが、こんな頭悪い脳筋の一撃みたいなのではなくて、もっとテクニカルな技にこそ相応しい名なのではないかという気がするのよなぁ」

「強そうな鳥……鷲とか鷹じゃだめなんでしょ？　始祖鳥とかしかないいんじゃない？」

「アーケオプテリクスか。さすがにそんなん古代日本人は知らんだろうしなぁ。いや、ハッタリは効いていると思うのだが……いっそプテラノドンとかどうだ！」

「どうだじゃなくて、それ翼竜だし、カタカナになってるんだけど、それでいいなら……やっぱよくないわ」

　知千佳は、この技はプテラノドンだよ、と教えている自分の姿を想像した。さすがにそれはやりたくなかった。

「翼竜ならケツァルコアトルスは？」

「同じじゃん！」

「同じではない！　プテラノドンは歯のない翼という意味でギリシャ語由来。ケツァルコアトルスは、アステカ神話に出てくる翼ある蛇神ケツァルコアトルが元になっているのだ！」

　知千佳が後で調べたところ、ケツァルコアトルの由来がアステカの古代語で羽毛ある蛇とのことだったので、大元は似たようなネーミングだった。

「強そうな……じゃあさ。架空の強そうな鳥でもいいんじゃないの？　あ、朱雀とかさ！」

「朱雀！　いけそ……いや。四神から名付けるのは格闘漫画でもやっとるしパクリくさいのだが……」

「別によくない？　同じ名前で別の動きって結構あるよ？」

　たとえば掬い投げ。同じ名前の技が柔道と相撲にあるが、掬う場所が異なるため見た目は違う技だ。

「だがファンタジーやら神話から持ってくるのはいけそうな気が……っ！　そう、迦楼羅だ！」

「カルラ？　聞いたことはあるような……。それ、日本語？」

「仏教用語だし大丈夫だろ！　仏教の伝来で伝わっとるはずだし、昔からこうでしたが？　が通りやすいのも大きい！」

迦楼羅は天龍八部衆の一尊であり、仏法を守護する護法善神だ。その姿は巨大な鳥とされているが、一般的には鳥頭人身として描かれている。

平安時代に制作されたとされる胎蔵界曼荼羅に迦楼羅は描かれているので、流派ができたころからこの名前だと伝えても信憑性はあるはずだ。

「迦楼羅って強いの？」

「神の一種だし、蛇や龍を食べるのでそれらの天敵なのだ！　龍は強いに決まっておるし、さらに強いのが迦楼羅ぞ！　鳥系としては最強格だろう！」

「ああ、うん。じゃあそれで」

一人で勝手に興奮する千春を見て知千佳は若干引いていた。

もうそろそろネーミング会議はいいのではないか。そう思っていたところで道場の外から声が聞こえてきた。

「こんにちはー」

勝手に門を入って道場までやってこられるのは家族以外には一人しかいない。

極楽天福良。今のところは壇ノ浦流の唯一の弟子で、今年の春から中学生になる少女だ。裕福な家庭のお嬢様であり、見目麗しいためよからぬ輩に狙われやすい。だというのに護衛が付き従うの

を嫌い、自ら身を守るために壇ノ浦流の門を叩いたのだった。

「ふむ。今日はこんなところだな。今日決めた技はちゃんと名前付きで教えるのだぞ」

千春が立ち上がった。

「えーっと、五十七が斑鳩、六十二が飛燕、八十七が雨燕、十八が明鴉、四十八が迦楼羅でいいんだっけ？」

「そのはずだ。後で資料にまとめておこう」

「資料ならまず現状の整理からお願いしたいんだけど」

技は覚えていても、対応する番号まで覚えているかというとあやしかった。

「善処しよう」

千春が出ていくと、代わりにジャージ姿の福良が入ってきた。

「千春さんと稽古でもされてたんですか？」

「いや、だらだらしてただけ。じゃあ稽古しようか」

知千佳は伸びをしながら立ち上がった。

「あ、そういやさ。技の名前って教えてたっけ？」

知千佳はしれっと話を切り出した。

「いいえ。特に教えてもらってないので、ただの基本の投擲技なのかと思っていました」

「えとね、こないだ教えたのは明鴉ってやつで」

「なるほど、名前があったんですね！」

福良が目を輝かせている。

——ううっ。何か罪悪感が！

教える側が技の名前を決めた。ただそれだけのことのはずだが、知千佳は何か悪いことをしているような気分になってきた。

異能

異能が発現するのは物心が付いたころだとされている。これは当然の話で、胎児や生まれたての赤ん坊が自覚なく能力を使いだせば、たいていの場合は自滅するからだ。

そのため、物心が付いてから能力が発現し、かろうじて制御できるような子供だけが生き残って、後にそれが発覚する。

イヅナもそんな少年だった。

物心付いたころから物を切り裂くことができたのだ。そして、それがすぐに悲劇を招くことも想像に難くなかった。切っ掛けはささいなことだろう。お気に入りの玩具(おもちゃ)が見付からないだとか、テレビを見ていないで早くご飯を食べろと言われただとか、小さな子供がかんしゃくを起こすような、どこの家庭にでもありそうなありふれた出来事。

その結果が、一家惨殺だった。気に入らないものを投げるように、引きちぎるように、無造作に能力を行使し、彼はマンションの一室を血の海へと変えたのだ。

彼は自分のやったことを理解できなかったのだろう。ただ、父が母が姉がバラバラになって動かなくなった。わけがわからなくなり泣き叫び、様子を見にやってきた近隣の住人をも切り刻んだ。

けっきょく、彼が保護されるまでに警察官も含めて二十人あまりが犠牲となった。これが〝案件〟であると気付いた警察官が応援を要請し、超常現象を扱う公安第零課の出動によってようやく事態の解決が図られたのだ。

自分が何をしているのかもよくわかっていない危険な幼子。当然、児童養護施設に預けて済むわけもなく、特殊な施設での養育が必要になる。

日本において候補となる施設は主に二つ。『研究所』と『機関』だが、イヅナは『機関』の日本支部に預けられることになった。イヅナの能力に関しては、『機関』のほうが研究実績があり、よりよい対応が可能とのことでそうなったようだ。

『機関』はイヅナのような危険人物を幽閉し、研究を行っている。イヅナという名は、『機関』でのコードネームだ。イヅナ本人は、もともとイヅナに近い名であることは覚えているのだが、名字や漢字などは知らないため、自らの素性は知らなかった。

危険な能力の保持者は処刑してしまえばよいという意見もあるだろうが、それは推奨されていなかった。倫理的な問題のためではない。世界を守るためなら何をやってもいいと思っているのが『機関』だ。殺して解決できるのなら喜んでそうすることだろう。

そうできないのは、能力には寄生型と呼ばれるものがあり、能力者が死んだ場合に別の人間に能力が移動するケースがあるからだ。今のところは能力のタイプを確実に判別する方法がないため、特に危険な能力に関しては幽閉して生かし続けるほうが安全だろうと考えられていた。

人権意識などそれほどない『機関』ではあるが、閉じ込めているという点を除けば、それほどひどい扱いをしてはいなかった。あまりにひどい環境に置いてしまうと精神に異常をきたすかもしれないし、自傷してしまう可能性もある。ここで暮らしていればとりあえずは平穏に過ごせると思わせる必要があったのだ。

だが、ひどい扱いをしていないというのは『機関』のひとりよがりな考えに過ぎない。物心付いたばかりの幼子を部屋に閉じ込め、ロボットに世話をさせる。そんなものがまともな扱いのわけがないだろう。

イヅナは、社会性を著しく欠いたまま成長していったのだ。

＊＊＊＊＊

「あの、何なんですか？　相席を許可した覚えもなければ、下手くそな創作を聞くと言った覚えもないんですが？」

二宮諒子は、突然やってきてイヅナという少年について語りだしたキャロルに文句を言った。

カフェで新作のフラッペを楽しんでいたところ、断りもなしに向かいに座ってべらべらと喋りだしたのだ。

「おー！　ツレナイ！　それはツレナイですよ、諒子！　私とあなたの仲じゃないですか！」

「あのですね。異世界でコンビのようになっていたことは認めます。ですが、それは一時的なものでしょう？　本来、私とあなたは相容れないはずですが」

キャロルは『機関』に所属していて、諒子は『研究所』に雇われている忍者の一族だ。『機関』と『研究所』は扱う対象が似通っているために衝突することが多く、表だって敵対してはいないものの親しく交流できるといった関係ではなかった。

異世界で親しくしていたのは、帰れないのならもうお役目など関係ないという、半ばやけくそな気分でもあったからだ。

「んー？　下っ端同士だと関係ないのではありませんかね？」

「そうはいかないでしょう。お互いに様々な秘密を抱えているでしょうし、ちょっとしたことで漏れ伝わる可能性があるんですから」

そうは言いつつも、諒子はキャロルを追い返したり、席を立ったりはしなかった。

「ははは！　しょせんは下っ端。たいした秘密なんて持ってなくないですかぁ？」

「さっきの雑な中二病設定みたいな話もこんなところでしていていい話なんですか？」

「雑な中二病とはひどいですね。本人が聞いたら気分を害しますよ？」

「実話だとしたら余計に関わりたくないんですけど」

「でも、諒子は暇ですよね？」

「新作の、バター抹茶マロンクリーム桜ストロベリーチョコレートフラッペを堪能しているところですが？」

「はははは！　それが暇だと言っているんですよ！　普通、忙しい女子高生というものは、こんなところでのんびりと一人でお茶などしていないものデース！」

「ほっといてくださいよ」

　暗に友達がいないと言われ、諒子は気分を害した。

「で、話の続きなのですが」

「しないでくださいよ」

「聞いてくださいよ。え？　もしかしてお友達なのにお金とるんですか？　そうですよね。麗しき女子高生の貴重な一時を奪うのですから料金が発生するのですね！　仕方がありません、ハウマッチ？」

「そんな特殊なバイトをしているつもりはありませんが？　わかりました。話したいなら勝手に話していてください」

　余計なことを知ってしまうのはそれだけで面倒に巻き込まれる可能性はある。だが、こんな街中で話すようなことならたいしたことはないだろうし、聞き流していればいいと諒子は考えた。

「太っ腹ですね！　あ、諒子はスリムだと思っていますけどネ！」

「そういうのいいですから、速やかに本題へどうぞ」

「そうですね。簡単に言ってしまいますと、イヅナくん、逃げ出してしまいました！」

「はい？」

諒子は呆気に取られた。まさか『機関』ともあろうものが、そう簡単に危険人物を脱走させてしまうとは考えてもいなかったのだ。

幼いころの高遠夜霧が単身で突入して帰ってきたことはあるが、あれはあくまでも例外であろう。『機関』に収容されている異能者が逃れたなどと聞いたのは初めてだった。

「ええ、私も最初に聞いたときは無茶苦茶に驚きましたデスヨ？」

「大丈夫なんですか？」

余所の組織のこととはいえ、さすがに心配になって諒子は訊いた。

「全然大丈夫ではなくて、パニック状態ですね！　私も捜索に当たっている最中なのです」

「だったらなんでこんなところでのんびりしているんですか」

「闇雲に探したって仕方がないでしょう？　彼がその力を野法図に使いはじめれば、街はあっという間に血の海です。そうなっていないのですから今は身を隠しているはずですよ」

「これは聞いていいことなのかわかりませんけど……どのような管理をされていたんですか？」

「ふふふ！　それはトップシークレット！　ではあるのですが、別にたいしたことをやっているわけではありません。イヅナくんのような物理的に危険な能力を持っている場合は単純でして、ものすごく分厚くて頑丈な構造体で作られた部屋に閉じ込めていただけですね」

「ですが、完全に密閉できるわけはありませんよね？」

「換気口はありますし、上下水道などは外部とつながっているとはいえますが、そこからどうこうはできないのは確認しておりますよ。もちろんそれらを切断することは可能なわけですが、ライフラインを自ら破壊した場合にはそのまま死んでもらうという覚悟で運営しておりましたし」

ハンストなどの自らの命を人質にした交渉には応じない。ルールは明確になっているため、監視員は彼が中で死にかけていようが慌てて中に踏み入るなどの愚行は犯さないように教育されていた。

「食事なんかはカプセルに入れた物をパイプからぽいっと渡してましたしね。あ、知ってました？昔の日本のラブホテルにはエアシューターと呼ばれる同じようなものが使われていたのですよ？それで従業員と顔を合わせずに支払いなどをしていたのです！　シャイな日本人にはぴったりの仕組みですね！」

「今も昔も知りませんよ！　出入り口はどうなんです？　まさか封鎖しているわけではないですよね？」

「さすがに溶接して出入り口をなくすとまではいきませんね。完全密閉型テラリウムというわけにもいきませんから、何かしらのメンテナンスは必要ですし。ですが、扉は二重になっていて間にはセーフティゾーンがあります。そこに入れるのは遠隔操縦のロボットだけで、人間がいる場合、外の扉は開かないようになっています」

「じゃあどうやって脱走したんですか？」

「答えは単純でして、扉を切り裂かれました」

「……ものすごく頑丈なんじゃなかったですか？」

話の流れがうまく理解できず、諒子は聞き返した。

「そのはずでしたし、彼の能力の成長を計算に入れても十分に対応可能なようにかなりのマージンを持たせた設計だったはずなんですが、なんでか急激に能力がパワーアップしたようなんですよね！　あはははははっ」

「笑い事じゃないと思いますけど」

「はい。結構深刻な事態なんですよ。なにせ、他の収容者も一緒に脱走してしまったので」

「え？」

聞けば聞くほどに、やはり冗談なのではないかと思えてきた。

「その、ヤバイ奴らですよね？」

「はい、何人かは再収容できたんですが、イヅナくん含めて三人が行方不明デスネ。イヅナくんは世間知らずなはずですので、潜伏にはこの一緒に逃げた人たちが一役買っているかと」

「……で、その話をなんで私にしてるんですか？」

もう聞き流すなどできそうになく、聞いてしまったことを諒子は後悔していた。

「手伝ってくれないかなぁと思いまして！」

「いやですよ！」

「でも妖怪ですよ？　対魔忍なら出番じゃないですか？」

「私は！　そんないかがわしいものではありません！」

思わず諒子は立ち上がりかけた。

「おやおやおや。魔と対決する忍びの何がいかがわしいのデスカァ？」

「わかってて言ってますよね？」

「忍者装束作成の参考にさせていただきました」

「キャロルの服なんですから好きにすればいいとは思いますが」

「諒子の分もありますが」

「装束はどうでもいいですが、普通なら『機関』は他組織に協力要請などしないですよね？」

「ですね。ですからこれは私個人のお願いですよ？　私たちの街を脅かす悪が野放しになっているのですから！　正義の忍者コンビが出動せずしてどうするというのです！」

「コンビは解消したつもりですが。ところで妖怪というのは？」

「イヅナくんのことですよ？　見えない刃で何でも切り裂くなんてカマイタチの化身なのではないでしょうか！」

ではイヅナは飯綱から名付けられたのかもしれない。妖怪鎌鼬（かまいたち）の別名に飯綱があることを諒子は思い出した。

「キャロルの個人的意向はともかくとして。組織の一員としては独断で他者に協力要請するのはまずいんじゃないですか？」

「そうですねぇ。以前の私でしたら考えられないことをしていますね」

いつもふざけているようなキャロルが、ふと真面目な顔を見せた。

「異世界に行って何か変わったとでも？」

「私はこれでもマジメに組織のために動いていたのですよ？　それこそ世界を守るためなら何だってやる冷酷非情のエージェントだったのデース！」

「確かにそんな雰囲気は感じていましたね。その嘘くさいキャラも、任務のために作られた仮想の人格だろうと思っていました」

異世界でキャロルに協力を申し出られたが、諒子も素直に信じたわけではなかった。異世界に来てしまったのならどうしようもないと諦めているようだったが、『機関』への忠誠を忘れていないようにも見えたのだ。いざとなったら裏切るかもしれず、心の底からキャロルを信じ切ることはできなかった。

もっとも、長く一緒にい続けるうちにそんな警戒心も緩んでしまってはいたのだが。

「オー！　ばれていたのはちょっと恥ずかしいですね！　実はどうにか高遠くんを始末できないかとか、異世界に置いてこられないかとか、ちょっと考えてたりもしたのですよ。ま、けっきょくその考えは浅はかなものでしたが」

「本当に浅はかでしたね。考えを改められたのなら幸いですが」

「世界はギリギリのバランスで成り立っている。少しでも何か事が起これればたちまち世界は崩壊する……そう教えられていましたし、そう信じていました。これはなかなかのプレッシャーなのですよ？　私たちの双肩に世界が重くのしかかっているんですから」

　本当にそう信じていたのなら、そのストレスは並大抵のものではないだろう。諒子は少しばかりキャロルに同情した。

「外世界から虎視眈々と侵略を目論む異形たち、古くから人間社会に潜む人を模倣する何か、世界に影響を与えるような異能、現象、呪物……一つでも対応を間違えれば世界が終わる。ですが、高遠くんの力を目の当たりにしてしまいましたからね。けっきょくのところ、世界が崩壊するようなことだけは絶対にないのだと、そう確信できてしまったのです」

　今さらながらに諒子はぞっとした。当初のキャロルは、高遠夜霧をそんな有象無象の世界を崩壊させる異常現象の一つ程度だと考えていたのだ。

「で、そうなるとなんだか馬鹿馬鹿しくなってきたのですよ。けっきょく、世界が崩壊するようなことだけは絶対にないわけですから、ちょっと間違えたぐらいは全然平気なんじゃないかということですね。そうなると無用なプレッシャーから解放されましたし、『機関』も少しばかり滑稽に思えてきまして。ほら、あれですよ。空が落ちてくるんじゃないかと心配するやつです」

「杞憂、ですか？」

「まさにそれです。もちろん、異常現象にまったく対応しなくていいわけではないのですが、毎回

毎回世界崩壊の危機だと思い詰める必要もないわけです」

「けっきょく、何の話でしたっけ？」

「そうそう。ですので『機関』などというものをそれほど絶対視する必要はないと蒙が啓けましたので、諒子とコンビを組んでブイブイいわせてもいいのではないかということデスネ！」

「なぜそうなるんですか？」

キャロルの使命感のようなものに変化があったことはわかった。だが、そこから諒子とコンビを組みたいという話に繋がるのがよくわからなかったのだ。

「だって……本物の忍者ですよ？　お友達になりたいに決まってるじゃないですか！」

「友達ぐらいには思ってますよ？　忍者コンビではありませんが」

「オー！　スミマセン！　ニワカ忍者である私が、本物の忍者の前で忍者を名乗るなどおこがましいということですね！　不遜もいいところだと！」

「問題はそこじゃないですけどね」

「スミマセン、本物のマスターシノビであらせられるところの諒子殿にお伺いしたいのですが、どうすれば忍者になれるのでしょうか？」

「なんで急に卑屈になるんですか。資格や免許があるわけじゃないですし、勝手に名乗ればいいと思いますが」

「なるほど！　刃に心と書いて忍び。つまりは心の内に刃を秘めていれば、それすなわち忍者！

そういうことなのですね！」

「そんなことはまるで言ってませんけど、キャロルがそれでいいんならいいんじゃないですか？」

　昔はそこらの子供を拾ってきて技を仕込んでいたとも聞くが、当然今ではそんな非道なやり方は通用しない。現代の忍者とは忍者の家系に生まれた者のことなのだ。とはいえ、忍者に明確な定義がないのは事実なので、キャロルが勝手に忍者と名乗ろうが問題はなかった。

「んー？　でもですね、勝手に名乗っただけで忍者というのも詭弁のような気がしますよ？」

「忍者に関する民間団体がいくつかありますから、そこに入ればいいのでは？　伊賀とか甲賀とか、有名処が関わっているところもあったと思いますよ」

「うーん、それもいいのですが、現役ではありませんしねぇ。それらは観光客用のパフォーマンスでしょうし。やはり現代日本においても夜の闇を駆け抜け敵を討つ本物の忍者の魅力には抗えないといいますか」

「あの。何の話でしたっけ？」

　すっかり忍者の話に脱線してしまっているが、本来そんな話ではなかったはずだ。

「そうそう。逃げ出した異能者を捕まえるのに協力してください、という話です」

「個人的なお願いだというのはわかりましたが……どこに逃げたかもわからない相手を捜せと言われても」

「それは大丈夫デース！　このあたりにはいそうですから」

「もしや収容施設はこのあたりにあったのですか？」

まだ遠くには逃げていない。可能性があるのはそんなところだろう。

「さすがに詳しい場所までは言えませんので、山陽地方のどこか、で留めますね」

「だったらこのあたりにピンポイントでやってくるというのは話が出来過ぎじゃないですか？」

このあたり、星辰市はちょっと便利な地方都市といった趣の地域だ。潜むのなら東京や大阪といった大都市へ向かったほうが何かと都合がいいようにも思えた。

「占いでわかりましたよ？」

「もう飲み終わったので帰りますね」

「待ってください！　見えない刃で物を切り裂く異能者がいるのですよ？　精度の高い占いをする能力者がいても不思議ではありません！」

「そう言われればそうですね」

実際、諒子の家でも捜索には陰陽術やら式神やら怪しげな術を使ったりしている。一概に否定もできなかった。

「異能者は幽閉してるんじゃなかったんですか？」

「漫画なんかではよくある話です！　協力的な異能者は自由を制限されつつも職員になったりするものなのですよ。敵と同質の力を用いて戦うなんてのは、もはや定番なのです！」

「ちなみにキャロルは？」

「私はごくごく平凡な特殊訓練を受けた工作員といったぐらいのものですね！　ギフトを持って帰れればよかったのですが！」

異世界でのキャロルはニンジャのギフトを得ていた。火遁（かとん）や水遁（すいとん）といった、陰陽五行に対応した魔法のようなスキルを使うことができたのだ。

ちなみに諒子はサムライで、ただ刀を使うだけではなく斬撃を飛ばすなどもできた。

「で、このあたりに潜伏している可能性があると」

「あくまで占いですから、当たるも八卦当たらぬも八卦ですよ。私がたまたまこの街にいましたから、この街を捜索しているのですが、忍者の友達がいるわけですから、ここは忍術の一つでも拝見させていただこうかと思いまして！」

「しかし、そんな超能力者を見付けたとして、確保できるとはとても思えないのですが」

諒子も忍者として、それなりに戦いには自信がある。だが、見えない刃で何でも切り裂くような相手に太刀打ちできるとはとても思えなかった。

「とりあえずは潜伏先を発見できれば御の字ですね。確保は専門の部隊に任せればいいと思います し。ただ、鎌鼬はどうにもならなそうですが、獣人はどうにかできそうな気もするのですよ」

「獣人？」

「ああ、言ってませんでしたか。脱走者は、鎌鼬、蝙蝠、悪霊の三人？　三体なのですよ。悪霊は実体がなくてどう対応していいかわからないのですが、蝙蝠なら物理攻撃が効くと思いますし」

「蝙蝠とは？　まさかそのあたりを飛んでいる飛行型の哺乳類のことではないですよね？」

「まさかまさかですよ。彼女は蝙蝠タイプの獣人なんですね。普段は人の姿をしていますから、潜伏の手引きをしているのは彼女だと思います。獣人は獣の姿になって獣っぽい力を使えるんですが、見えない刃で物を切り裂くとかまでの無茶苦茶なことはできません。私たちでも対処可能かもしれないです！」

「蝙蝠の獣人……空を飛ぶとか、エコーロケーションあたりでしょうか」

「超音波ですね！　フィクションだと使い古された設定ですが！」

超音波はあくまでも周囲の探索に用いるもののはずだ。音波兵器のような真似をしてこないなら対応は可能だろうと諒子は考えた。

「彼らがこのままおとなしくしている可能性は？」

「んー、ない。と、思いますね。イヅナくんに関しては幼いころに捕らえましたのでその悪意の程はわからないのですが、蝙蝠と悪霊に関しては悪さをしていたところを捕まえましたからね。逃げたら同じようなことをするのではないでしょうか」

「特徴などはわかりますか？」

「イヅナくんは、痩せ型で灰色のスウェット上下。蝙蝠の子はトビクラちゃんといいまして、女の子で黒くていかにもゴスロリ！　って感じの格好。悪霊は実体がないからよくわかんないです。格好は着替えられたらそれまでですけどね」

「スウェットはいいとして、ゴスロリなんて格好で収容されてたんですか？」

「服ぐらいは望みの物を与えてたみたいですね」

「……わかりました。用事がない間であれば付き合いましょう」

忍者に街の平和を守る義務などはない。だが諒子には、自らが暮らす街が脅かされるのを見過ごせないと思うぐらいの義侠心はあるのだった。

＊＊＊＊＊

星辰市。夜霧や知千佳が住む街にある廃病院。

その地下に痩せぎすの少年と、黒尽くめの少女がいた。

山陽地方にあるとされる『機関』の収容所から逃げ出してきた者たちだ。

この廃病院は潜伏には実に都合がいい場所なのだがそれも当然の話で、ここは以前から少女が隠れ家として利用していた施設だった。

以前、この街では吸血鬼を巡る争いがあり、その際に少女はここを拠点としていたのだ。

手入れはされていないのでさらに老朽化は進んでいるが、一時的な隠れ家としては機能している。

少年、イヅナはくたびれたベッドに腰掛けていて、少女、トビクラは女の首筋にかぶり付いていた。

トビクラが鋭い犬歯で頸動脈から血を吸い上げている。そして、吐いた。

抱きかかえていた女を投げ捨て、四つん這いになって今吸ったばかりの血を吐き出したのだ。血だけではなく、消化し切れていない食べ物まで胃液と共に吐き出している。イヅナはその様子を見て声をあげて笑った。

「ぎゃははははっ！　好物なんじゃなかったのかよ？」

「うっさいな！　好物でも身体が受け付けないなんてのは人間でもよくあることでしょ！」

「逆をやったからって、本物にはなれねーんじゃねーの？」

「呪術的には逆にも意味あんのよ！　類感呪術とかそーゆーやつ！」

トビクラは、吸血鬼によって作られた下働き専用の獣人だ。血を分けた眷属(けんぞく)でもなんでもなく、周囲にいる取り巻きの一人だったらしい。海外からやってきた主が日本での活動用に作ったため外見は日本人であり、日本の一般常識にも精通しているとのことだった。

「私はね、生き証人なの。主様も、眷属も、その他大勢も全員が滅びて、私だけが生き残った。主様の顔(かんばせ)を、お姿を、立ち振る舞いを、お声を、鼓動を、匂いを覚えているのは私だけ！　主様が存在したという歴史を後世に残せるのは私だけ！　だったら私が吸血鬼になって！　未来永劫に主様の栄光を伝えるしかないのよ！」

「でもよ、吸血鬼って、血を吸われてなるもんだろ？　一番手っ取り早いのはどっかの吸血鬼を探して吸ってもらうことなんじゃねーの？」

「この私が！　主様以外の口づけを受けるわけないでしょ！」

「面倒くせー」

「私はね、蝙蝠の獣人なのよ。つまり！　手下の獣人の中でも最も主様に近い存在！　そういうことなの！」

イヅナは脱走するにあたって適当に暴れて異能者を解放し、それに紛れて逃げ出した。その際に、蝙蝠に変化して飛んでいこうとするトビクラを見付けて同行を頼んだのだ。ここまでは、蝙蝠の足にぶら下がりながらやってきたのだった。

「なんか無理っぽ……まあいいや」

蝙蝠だから吸血鬼に近いという理屈も、吸血鬼が血を吸う存在だから、血を吸っていれば吸血鬼に近づけるという理論もよくわからない。だが、何を言っても無駄なのだろうとイヅナは悟ったのだ。

「好きにすりゃいいけどよ。これからどうすんだ？」

ここはあくまでも一時的な隠れ家だ。いつまでもここにはいられないだろう。

「城ね。吸血鬼には城が必要よ。こんな薄暗くて狭くて埃臭いところなんて、誇り高き吸血鬼にはまるで相応しくないわ！」

「城ねぇ。俺も詳しくはねぇけどよ。外国の城みたいなやつのこと言ってんだろ？　そんなもんこんなとこにあるかぁ？」

「ここに来る途中にそれなりの屋敷を見かけたわ。とりあえずはそれで我慢しておく。ここに比べればなんだってましだから」

「あんたはどうすんだ？」

イヅナが何もない空間へ向けて話しかけた。

「……ダンノウラ……」

どこからともなく声が聞こえてきた。それが何なのかイヅナはよくわかっていないが、適当に壊して回った部屋の中に誰もいない部屋があり、それから気配だけがついてくるようになったのだ。

「地名か？　って、どっか行ったな」

呼びかけられたことが刺激になったのか、それは何かを思い出したかのように出ていった。

「で、君はどうすんの？」

「俺さぁ、異世界に行ったことあるんだよな」

「そうなんだ」

トビクラはごく普通にそう答えた。疑うつもりはまるでないようだ。

「せっかく自由になれたからよ。ぶらぶらしてたんだけど、異世界のヤツらがまるで相手になんなくてな。つまんなくなって戻ってきたってわけだ。そっちでパワーアップしてたから脱走できるようになったんだけどよ」

「それはちょっと不思議に思ってた。あいつら収容者の能力を把握して幽閉してるわけでしょ？今さら脱走を許すってどんな大ボケかましたのかって」

「異世界には一年ぐらいいたっけな。その分が計算に入ってなかったんだろ」

戻ってきたら次の日の朝だった。つまり端から見れば、寝て夢を見ていたのと同じことだ。違ったのはイヅナに一年分の経験が確かにあったことだろう。

「なるほどね。で、今度はこっちの世界で自由になった君は、何すんの？」

「とりあえず、こっちのヤツらがどの程度のもんか適当に戦ってみるわ」

「ふーん。一応頼んでおくけど、こっちの城らへんでは暴れないでね？」

トビクラが勝手に自らの居城にしようとしている屋敷は山側にあるとのことだった。

「覚えてたら少しは気にするかもな。とりあえずは海側に行ってやるよ。そっから後のことは知らねぇけど」

イヅナは腰掛けていたベッドから立ち上がった。もちろん約束などできないし、そんなことを気にし続けるのも面倒だった。

「あ、現金とか持ってく？」

トビクラは、倒れた女の持ち物を探っていた。

「よくわかんねーからいいわ。欲しいものは適当に奪えばいいだろ」

幽閉されていたとはいえ通貨や経済の概念ぐらいはイヅナも知っている。とはいえ、実際に使ったことがないので実感には乏しかった。異世界では欲しいものは奪っていればそれでよかったからだ。

「蛮族だなぁ。好きにすりゃいいけどさ」

イヅナは地下室を出ていく。

三者三様。それぞれが目的のために行動を開始した。

ロボ

皇家。

日本の裏社会を牛耳る、獣人たちの支配者だ。裏社会を牛耳るに至ったのはまさにこの獣人勢力のおかげだった。個々の強さはそれほどでもないのだが、獣人は裏社会では最大勢力であり皇家による統制が完全だったため十分な存在感を示すことができたのだ。

だがそれも、ほんの少し前までの話。

皇家の頭首である皇楸が没し、後継者争いが巻き起こったのだ。獣人の当主は世襲制ではないが、これまでは皇が常にその地位にあり続けた。ただ、今回はあまりにも急だった。ろくな準備もないままに皇の上層部が崩壊し、なし崩し的に有力獣人家がその座を争う事態となったのだ。

そして、皇家が保持していた、獣人を支配する力が失われていることが露見した。こうなれば獣人の頂点に立とうが何の意味もない。獣人はまとまりをなくし、裏社会での立場を脅かされることとなった。

そして、皇家は没落し槐(えんじゅ)は安アパートでの生活を余儀なくされていた。彼女に何か落ち度があったわけではないのだが、様子を見ているうちにこんなことになってしまったのだ。

「あれ？　私、かなりまずいことになってない？」

安アパートの二階。寝そべりながらポテトチップスをパリパリと食べていた槐はふと気付いた。

こんな暢気にしていていいものか。もしかして、貴重な時間を無為に失い続けているのではないかと。


こんなところに住んでいることからわかるように、資産の類はほぼ失っている。父は皇家の権力にあぐらをかいていた人物なので、今さら額に汗をかいて働くことができなかった。もちろん仕事を選ばなければ働き口はあるのだろうが、最低賃金の時給で働くなどプライドが許さないのだろう。今も部屋の隅でテレビを見ているように、父は特に何もしていなかった。今の皇家は、母のパートタイム労働と、ほんの少し残された実物資産に全てが支えられているのだ。

槐はといえば、本来なら高校に通っている年齢なのだが、特に何もしてはいなかった。中学校は卒業したのだが、その後は皇の後継者としての道を歩むことになっていたのだ。しかし、現状そんな道があるわけもなく、仮に獣人の支配者としての地位を確立できたとしてもその先はさらなる茨の道だ。

とてもまずいことになっている。だが、生来お嬢様として育てられてきた槐にはたいした危機感がなかった。そのうちなんとかなるだろう、誰かがなんとかしてくれるだろうと楽観的な気分だけで今まで過ごしてきた。

だが、さすがにこのままではいけないと、漠然とした不安がこみあげてきたのだ。

実際のところ、具体的な問題が山積しているので漠然で済む話ではないのだが、今後のリアルなイメージを描けないのは世間離れしたお嬢様が故なのかもしれない。

「私も働いたほうが……？　いや、まずは学校？」

裏社会で獣人を率いてました、なんてことが経歴になるわけもない。最終学歴が中学校卒業では就職先に困ることになるだろう。

「お父様！　高校ってどうやって入学するの？」

「……僕がそんなこと知ってると思う？」

少しは考えてくれたようだが、返ってきたのは素気ない言葉だった。

「お母様に訊いたほうがよさそうね」

一番現実が見えているのは彼女だろうし、何かしなければと思ったのならまず相談するべきは母親だろうと思われた。

「……そういえば、僕と槐には血のつながりがないって、言ったことあったかな？」

「初耳ですけど!?　なぜいきなりそんなことを！」

「今さら先のことを考えはじめたみたいだから、現状を正しく知っておくべきかと思って」

「それ、関係あるのかな……で、どういうことなんですか？　その、不義の子、ということですか？」

「それだけはないと断言できるよ。なにせ獣人は子を生せないからね」

「え？」

獣人が子を産まないのは初耳だし、今の話からすると両親も獣人だろうと思われたがそれも知らない話だった。

「私たち、人間ですよね？」

「人の獣人、なんだよ。ややこしいんだけど」

「それは人間なのでは!?」

「実際そういうものだから仕方がないよ。人に獣化する獣人。人との区別はほぼつかないけど、獣人と同じく調整槽から生まれるし、生殖能力を持たないんだ」

「それはいったい何の意味が？」

「さあ？　そればかりは作った人に訊いてみないとわからないけど」

「……それを聞いた私はどうすればいいんでしょう？」

「心のどこかに置いておけばいいんじゃないかな？」

衝撃的な事実ではあったが、聞いたところで何ができるわけでもなかった。

「高校に行くのならまずは勉強よね？　入学試験を受けないとだし……」

勉強はそれほど得意だったわけではないので、今さらするのかと思うと憂鬱になってくる。とりあえず何から手を付ければいいのかと悩みはじめたところで、チャイムが鳴った。

「誰かな?」

当然のように父はテレビから目を離さず、立ち上がる気配もない。来客対応は槐がするしかないようだ。インターフォンなどという上等な設備はないので、槐はドアスコープから外の様子を確認した。

今さらかつての知り合いがやってくることはないので何かの勧誘かと思ったのだが、外に立っているのは槐と同年代ぐらいの少年だった。部屋を間違えているとしか思えないが、無視もできないので、とりあえずドアを開けた。

「こんにちは。槐?」

「え? どなた……夜霧!?」

すぐにはわからなかった。背丈も違えば、声も変わっている。だが、そののんびりとした、泰然自若とした様が昔を思い出させたのだ。

「そう。覚えてた?」

「ごめん。ちょっと忘れかけてた」

高遠夜霧。その昔、幼いころにほんの一時遊んだことがあるだけの少年だが、そこで巻き起こった事件のおかげでどうやっても忘れようがなかった。

「仕方ないか。遊んだの、だいぶ前だし」

「それで、何の用?」

夜霧がやってきたのは単純にうれしい。だが、その理由となるとよくわからなかった。

「ずっと放置してた問題があったんだけど、ちょっとしたきっかけで思い出してさ。槐が関係あるからちょっと来てもらいたいと思って」

「あのさ。いきなり来るんじゃなくて、先に電話とかするもんじゃないの？」

「ごめん。住所は調べてもらえたんだけど、電話番号までわからなくて」

槐は、言ってしまってから今の皇家には母親が持っているスマートフォンしかないことを思い出した。

＊＊＊＊＊

「おぉ！　ここが忍者屋敷……!?」

「そんな珍妙なものではありませんが」

「一見、ごく普通の一戸建てですが、数々の絡繰りで誘い込んだ敵を仕留めるのですね！　これは油断できませんよ！」

「普通の家ですから、おかしな期待はしないでください」

カフェでキャロルと出会った後、二人は諒子の家へやってきた。庭付き木造二階建て。ごく普通の古びた一戸建てだ。古いといっても戦後に建てられ何度も改修しているので、キャロルが期待するほどに古くはなかった。

「ほわい？　こう壁が回転する隠し扉があったり、床を踏むと板が跳ね上がって武器が出てきたり、意外なところに梯子(はしご)があったりするのではないのですか！」

「ないですよ、そんなの」

「またまたぁ！　部外者には隠しているだけなんでしょ？」

「あの、勝手に家の中を探し回ったりしないでくださいね？」

やりかねないと思い、諒子は釘を刺した。

「もちろんですよ。主が案内する以外の場所に行けばたちまち罠の餌食になるのですよね？」

「ただいま！」

キャロルの妄言にいつまでも付き合っていられないので、諒子は玄関ドアを開けて中に入った。

「お帰り。あら、お友達？」

二人が靴を脱いでいると、母親がやってきた。

「こんにちは！　キャロル・S・レーンデース！　以後お見知りおきを！」

「え、ええ。こんにちは」

諒子の母は若干引いていた。

「じゃあ私の部屋に行きましょう」

玄関を入ってすぐにある階段を昇り、二階へ。廊下の奥にあるのが諒子の部屋だった。

「何なんですか、これは！　まったく意外性がないではありませんか！」

部屋に入った途端、キャロルが怒りを露わにした。

「なんです、いきなり」

「もっとこう、ぬいぐるみが山のように置いてあって実は可愛い物好きだというギャップですとか！　そのまんまのイメージで質実剛健で余計な物が置いてないですとか！　くノ一女子高生の部屋は、そういった語るに値する装いであってしかるべきだと思うのですが！」

「あなた、いったい何を期待してるんですか」

「これでは、小洒落た部屋で暮らすただの女子高生ではありませんか！」

「ただの女子高生ですよ！　いいから座ってください！」

連れてきたことを少し後悔しながら、諒子はノートパソコンをローテーブルの上に置いた。

「私の権限で調べられる範囲をまず調べます」

パソコンを起動し、いくつものウインドウを開く。そこには様々な動画が映し出されていた。

「それは？」

「このあたりの監視映像などですね。私が見られるのは街頭カメラなどの、ありきたりのものだけですが」

「なるほど？　高遠くん監視任務などで用いていたのですか？」

「そうですね。ですので取得できる範囲はごく限られたものになりますが……脱走事件があったのは?」

「三日前の夜ですね。蝙蝠が真っ直ぐ飛んできたのならさほど時間はかからなかったはずですよ」

「そのあたりの動画は……何かいますね……特に隠れるつもりはないんでしょうか?」

キャロルの言う時間帯に絞って複数の動画を一度に確認すると、空から降り立つ巨大な蝙蝠の姿を見付けることができた。

「少々疑問なのですが、こんな怪しい奴がやってきてるのに諒子たちはスルーしてたんですか?」

「業務外としか言いようがないですね」

諒子たち二宮家は正義の味方でもなんでもなく、ただ依頼された業務を遂行するだけの立場でしかない。妖怪がやってこようが、殺人鬼がやってこようが、それが依頼に関係ないのなら関わる必要はなかった。

「訊いていいのかわかりませんけど、高遠くんの監視ってどうなってるんです?」

「高遠くんから中止要請がありましたのでやめましたよ」

「気付いたなら当然の話ですか」

「少年が一緒ですね。これがイヅナですか。建物に入りました。病院のようですね」

地図サイトで住所を調べる。ずいぶんと前に廃業している病院だった。

「迷いがない感じですね。以前からのアジトでしょうか……」

「元々このあたりで活動していたということですか?」

「さあ？　どうなんでしょう？」

何やら含むものを感じたが、キャロルは答える気がなさそうだった。

それ以上は追及せず、諒子は早送りで病院の周囲を確認する。入ったきりしばらく変化がなかったが、二日目の夜。蝙蝠の少女が出てきた。そしてどこかから女を攫ってきて病院へと運び込む。

そして三日目の昼。つい先ほど、病院から出てきた少年と少女が別々の方向へと歩いていった。

そこから先も確認はしたが、監視範囲外へと出ていったのでどこに向かったかまではわからなかった。

「すぐに動きだしませんでしたね。様子を見ていたんでしょうか？　追いますか？」

「まずは廃病院でしょう。連れ込まれた女の人が気がかりです」

さすがに見てしまった以上、関係がないと無視もできなかった。

＊＊＊＊＊

「うん。しばらくいると思うけど」

歩きながら電話をしていた夜霧は通話を切った。

「女の子？」

隣を歩いている槐が訊いてきた。声が漏れ聞こえていたのかもしれない。

桜木舞華
Haze

ウタヒメドリーム
UTAHIME DREAM

「女の子って歳なのかな？　もこもこさんっていうんだけど」

「変わった名前……」

慣れてしまっていたが、言われてみれば変な名前だと夜霧も思った。

「そういえば、いきなりだったけど大丈夫だった？　別の日でもよかったけど」

「わざわざ来るんだから大事な用事なんでしょ？　別にいいよ。どうせ暇だから」

夜霧と槐は坂を上っていた。

槐が住んでいる街から、夜霧が住んでいる星辰市へは特急電車で約三十分。そして駅から少し歩いた坂の上に目的の場所があった。

「それほど時間はかからないと思う。ちょっと確認して許可をもらいたいだけだから」

「何か面倒なこと？　昔あったみたいな」

「それよりは簡単かな。さすがにここで言わないほうがいいと思うけど」

周りに人はいないが念のためだった。

「ねえ、夜霧はあれからどうしてたの？　まだあの地下の村に住んでるの？」

「あれからしばらくして外に出て、今は高校に通ってるよ」

「高校生なの!?」

「そんなに驚くことかな？　槐もそうじゃないの？」

「……私は……その……ねぇ。高校ってどうやったら入れるの？」

「どういう状況？」

「中学校を卒業してそのまま家の仕事をするつもりだったの。けど、家が大変なことになっちゃって」

「ああ。そういえば槐のお爺さんって人が来てたな。確かにあれは大事だった」

槐の祖父は、何かの呪いから逃れようと夜霧たちがいた地下の村へとやってきたのだ。けっきょく、呪いを防ぐことはできず、槐の祖父はそこで亡くなった。彼は皇家の頭首だったはずなので、そのあたりの事情に端を発したお家騒動なのだろうと夜霧は理解した。

「んー、願書を出して入学試験を受けて、って感じみたいだね」

夜霧は、スマートフォンで簡単にそのあたりの情報を調べた。

「数年遅れで高校に入学するのも普通にあるみたいだよ。もし年齢が気になるなら定時制とか通信制でもいいいと思うけど」

「なるほど……でも試験って難しいよね？」

「学校によるんじゃないかな。高校受験の勉強ぐらいなら俺でも教えられると思うよ」

「俺、なんだ」

「ん？　ああ、槐と遊んでたころは僕って言ってたっけ」

「勉強……夜霧に偉そうにされるのは癪なんだけど」

「偉そうにするつもりはないんだけどな」

そういえば槐は親分で、夜霧は子分にされていたことを思い出した。夜霧の実際の年齢は定かではないのだがおそらくは槐が年上のはずなので、年下に教わるのはプライドが許さないのかもしれない。

そんな話をしているうちに坂を上り切り、二人の目の前に洋館が現れた。城と見紛うような、日本ではあまりお目にかかれないような建築物だ。

「何ここ？　前に私が住んでた家よりも手が込んでるんだけど」

「篠崎さんの家だよ」

「そう言われても誰なの、それ……」

「篠崎重工の創業家？」

「それを聞かされてもね！」

夜霧は門扉の横にあるインターフォンのボタンを押した。

「すみません。高遠夜霧といいます。今日お約束をいただいているのですが」

『お疲れさまです。お越しいただきありがとうございます。案内の者が参りますので少々お待ちください』

「ねぇ？　さっぱり話が見えないんだけど？」

「たぶん実物を見てもらうのが一番早いんだよ。口で説明してもよくわからないと思うから」

「わかった。夜霧がそう言うなら信じる」

しばらくすると門が自動的に開いていった。門の向こうにも道があり、邸宅へと続いている。その邸宅から案内役であろう女性がやってきた。

「久しぶり。終業式以来かしら」

篠崎綾香だ。彼女の家なのでいるのは当然だが、今回の用事とは直接関係ないはずだった。

「篠崎さんが案内してくれるの？」

「ええ。この件を知っているのは篠崎家でも限られていますから。こちらへ」

綾香が踵を返し、道を戻っていく。夜霧と槐はその後に続いた。

「そういえばさ。篠崎さんは戻ってきてなかったと思うんだけど」

「今さら!?　何もかも納得して三学期を過ごしていたのかと思ってたんだけど!?」

「いや、よく考えたら後から帰ってくることはないんじゃないかと」

夜霧は篠崎綾香が変化したらしきドラゴンを殺している。ドラゴンも、ドラゴンから放たれた分身も全て殺しているので、篠崎綾香が今さら生きて戻ってくることは絶対にないはずなのだ。

「ちょっと考えたらわかるでしょ。あちらに行っていた私と、今の私は違う存在ということよ。なんだったらオリジナルに会っていく？」

「それは別件ぽいから今回はいいよ」

どうやら篠崎綾香は何人もいるようだが、それに関わるのも面倒そうだと夜霧は思った。

「そう。こっちよ」

綾香は屋敷の前を通り過ぎてさらに奥へと進んでいく。広い庭を歩いていくと、道は森へと続いていた。この森も篠崎家の敷地内ということらしい。そのまま森の中に入りさらに歩いていくと、開けた場所に出た。

四角い建物が建っていた。先ほどの屋敷のように古めかしい西洋建築ではなく、近代的なビルだ。

「研究棟。目的の物はここにある」

綾香が研究棟に近づいていくと、入り口がすっと開いた。セキュリティは当然あるだろうし、綾香の何かに反応したのだろう。

綾香と一緒に中に入り、さらに奥へ。エレベーターに乗り地下へと移動した。

「厳重なんだね」

「そりゃあね。表には出ていない技術の塊だから。そこらに放置しておくってわけにもいかなかったのよ」

エレベーターを出て、いくつかの扉を通り、ようやく夜霧たちは目的地へと辿り着いた。

小さな部屋で、そこに三つの半円筒形のオブジェが並べられている。その上部は半透明になっていて、中に人らしき姿が見えていた。

「これって……え？　私!?」

すごい勢いで槐が振り返り、夜霧を見た。

「そうなんだよ。自分そっくりのロボットが作られてるなんて、実際に見てみないと信じられない

後始末篇

Tsuyoshi Fujitaka
藤孝剛志

Illustration
成瀬ちさと
Chisato Naruse

即死チートが最強すぎて、異世界のやつらがまるで相手にならないんですが。

初回版限定
封入
購入者特典

特別書き下ろし。

TVアニメ放送中！

※『即死チートが最強すぎて、異世界のやつらがまるで相手にならないんですが。〈後始末篇〉』をお読みになったあとにご覧ください。

EARTH STAR NOVEL

TVアニメ放送中！

知千佳「TVアニメ、『即死チートが最強すぎて、異世界のやつらがまるで相手にならないんですが。』！　絶賛放映中です！」
もこもこ『読者がこれを読んでいるタイミングで放送中なのかはさだかではないが。リアル事情が絡んだ内容はどうなのだ？』
知千佳「でも、このタイミングでしかこんなことできないよ？」
もこもこ『それもそうなのだがな。アニメ放送中にどうにか新作の発売にこぎつけるというスケジュールなわけだから、間に合っているはずだ！』
知千佳「おそらくこの本が発売されるころには半分ほど放送されているかと思います！」
もこもこ『一応確認しておこう。アニメは最速放送地域では1月4日24時30分、つまり1月5日0時30分からで、この本が2024年2月15日発売予定だから……。6話まで放送されているはずだな！』
知千佳「ちなみにここも謎時空ということでよろしくお願いいたします！　本編とはまったく関係ありません！」
もこもこ『つーか、立ち位置があやふやなのよな。ここでの我ら』
知千佳「前回の特典ではアニメ化としかお知らせできなかったわけですが、もう放送しているのでいろいろとお知らせ、と思ったのですが！　放送しているのに今さらお知らせすることもありませんでした！」
もこもこ『公式サイトを見れば済む話だからな。何か言っておくようなことはあるのか？』

知千佳「もこもこさんも負けてなかったけどね」
もこもこ『いろいろ喋っていたのにカットされているところもあって、なんか納得できんのだが！』
知千佳「そういえばですね。この冊子のような特典とかでやっていた質問コーナーなんですが」
もこもこ『あの手抜きのヤツか』
知千佳「手抜きゆーなや。そーだけど！　で、あのコーナーもアニメ化に便乗して、しれっとボイスドラマ化しております！　詳しくはアニメ公式サイトをご覧ください！」
もこもこ『もうちょっと何かなかったのか？　と思わなくもないな！』
知千佳「いやー油断できないですね！　何がどうメディア化されるかわかったものじゃありません！」
もこもこ『本当にな……というかこんな手抜きではなくて、ちゃんとしたシナリオを書いておれば、

知千佳「……特にないな！」
もこもこ『ないよなぁ』
知千佳「まあ、あえて裏話のようなものをするとすれば！　この作品、やたらと登場人物が多いうえに次々に死んでいきます。ですので、兼役が山のように発生しております！」
もこもこ『一応説明しておくとアニメにおける兼役とは、一人の声優さんが複数の役を演じることだ』
知千佳「ですので、自分で演じたキャラを、別のキャラで殺すといった展開になった声優さんもおられました！」
もこもこ『あれは不思議な感じではあったな！』
知千佳「そういうわけですので、あれとあれ同じ声優さん？　すごいな！　といった楽しみ方も！」
もこもこ『声優さんといえば、花川（はなかわ）はなんだ。アドリブの無茶振りすごかったな』

ミニアニメになったやもしれんのにな……』

知千佳「いやぁ、初期はショートストーリーでしたけど、ゲームの愚痴言ってるだけとかだったよ？　あれをアニメにするのはかなり厳しいと思うけど」

もこもこ『まあ言い訳をしておくとだ！　店舗特典やらでストーリーを展開されると、入手できずに読めない人に不義理だと思うのだよ』

知千佳「そこでこんなどーでもいい感じの内容になっているわけですね！」

もこもこ『ユーザーフレンドリーだろうが！』

知千佳「そうかなぁ？」

もこもこ『聞いた話によるとだ。たとえば主人公とヒロインがデートするといった話を一つ書いていたとだな。ヒロインの人数分水増しするといったことをしとる作家もおるとか――』

知千佳「すとーっぷ！　おかしな言いがかりはやめよう！」

もこもこ『良い工夫だと褒めておるのだがな』

知千佳「とまあ、アニメに関連して雑多に語らせてもらいましたが、こんなものでしょうか」

もこもこ『そうだな。一応言っておくと、質問コーナー用の質問を新規に募集しておる。今後はアニメ公式Xアカウントにて受け付けるので、興味があれば見ておくのだな！』

知千佳「なぜ今さら！」

もこもこ『何かあったとき用にストックしておきたいとのことだ！』

知千佳「何を想定してるんだ……」

もこもこ『まあ過度な期待はせずに今後の展開を待っておれ！』

知千佳「アニメは絶賛放送中！　後半も楽しみにしていてくださいね！」

だろ？」

「何がどうなったらこんなことになるの!?」

「俺を殺すための刺客だったんだけど、各方面にいろいろと手伝ってもらってどうにか停止させたんだ」

「うちから流出した技術が使われているの。本来ならさっさと解体するなりしたいところなんだけど、それはするなということだから仕方なくここで厳重に保管していたんだけれど」

「それをお願いしたのは俺なんだよ。でも、それで面倒なこともあってさ。だったら本人にこの子たちをどうするか決めてもらおうと思って」

異世界に、こちらの世界の物体をコピーする能力者がいた。その能力者は自律行動するロボットを欲したのだろう。たまたま、この槐がコピー元として選ばれてしまったのだ。

どれだけ厳重に管理していようとそんな不思議な力を使われてはどうしようもない。もちろんこの現物がなくなったところで他に方法はあるかもしれないが、まずは単純にコピーできる状況はなくすべきだろうと夜霧は思ったのだ。

「どうするって……え!?　私が決めるの!?」

「うん。この子らの権利は槐にあると思うから」

「ちっちゃいころの私のロボットが三体って、どうすればいいの!?」

確かに、そんなことをいきなり言われても困るだろうなと夜霧も思った。

＊＊＊＊＊

幸い、廃病院に連れ込まれていた女性の命に別状はなかった。

彼女は襲われて以降のことをなんとなく覚えていて、それにより彼らの行き先がおおまかに判明した。

イヅナは海側、つまり南へ行ったようで、蝙蝠の獣人は城が目的らしい。

この街に城らしき建物はいくつかあるが、会話の様子からすれば山側へ向かったようだ。

諒子たちは救急車を呼び、廃病院を後にした。タクシーを拾い、篠崎家へと向かったのだ。

「急いだほうがいいのでしょうけど、昼間から襲撃するなんてことはあるでしょうか？」

「うーん、夜闇に紛れるのが普通とは思うのですが、計画性などとは無縁の御仁のように思えますしねぇ」

これまでの情報から考えると、どうにも行き当たりばったりな行動に思えた。連れ込んだ女性の血を吸った形跡はあったが、それだけで満足したのか殺さずに放置している。彼女から何かしらの情報が伝わるなどとは考えていないのだろう。

「城が欲しいならば無理矢理に奪い取るし、時と状況など選ばないということですか？」

「これまでのところ慎重さの欠片（かけら）もありませんしねぇ」

「応援は呼んだのですか？」

「呼びましたよ。ですが、ぼんやり待っていると篠崎さんちが大変なことになるかもしれません」

今すぐに対応できる諒子たちがまずは向かうしかないようだった。

タクシーはすぐに篠崎家前に到着した。そこにあるのは巨大な門と、延々と続く塀だ。坂の上の一帯は全て篠崎家の土地だった。

二人は慌ててやってきたが、今のところは特に何かが起きている様子はなかった。

「すみません。綾香さんの友達のキャロルという者ですが！」

篠崎家をいきなり訪ねても相手にされないだろう。キャロルはインターフォンで綾香を呼び出そうとした。

『お約束のない方のお取り次ぎはしておりません。お引き取りください』

「けんもほろろとはこのことですよー！　綾香の連絡先を知らないですか!?」

「……電波が届かないか電源が、というアナウンスですね」

諒子は綾香に電話をかけてみたが、繋がる様子はなかった。

「今時の女子高生にとって不可欠なインフラですよ！　充電忘れとかありえないでしょ！」

キャロルが憤慨しているが、諒子にすればそんなこともあるだろうとしか思えなかった。

「そういえば、蝙蝠の獣人なんですよね？　空から襲撃されると私たちは手も足も出ませんが」

諒子は戦闘を想定して武器を入れたゴルフクラブケースを持ってきたが、空中戦への備えが万全とは言い難かった。空中から一方的に攻撃されればどうしようもないだろう。

「いくら考えなしでも昼間から空を飛ぶなんてことはないと信じたいです！」

「獣人を相手取るのは初めてですが、どの程度の脅威だと考えればいいんですか？」

「しょせんは獣になるだけの人間ですよ。そうですね、ヒグマに毛が生えた程度でしょうか？」

「ヒグマの時点で強敵ですし、もともと毛は生えてますね」

「おやおや、諒子は日本人なのに知らないのですか？　毛が生えたような、の毛とは陰毛のことなのですよ！」

「諸説ありますし、だから何だという話ですね！」

「ですので、二人がかりならどうにかなるという話ですよ」

「そもそもここに来るとも限りませんが」

「それならそれでいいではありませんか。彼らの適当な行動はおおよそ知れました。これならば発見も確保も時間の問題かと思いますし、私たちが頑張る必要も……来ましたね」

黒尽くめの少女が、坂を上ってきた。

レースがふんだんにあしらわれたゴシック・アンド・ロリータのドレスを身に付けていて、同じように黒くフリルの付いた日傘も差している。このあたりではそうそう見かけないスタイルなので、まず間違いなく彼女が蝙蝠の獣人だろう。

諒子は、ゴルフクラブケースから鞘に収まった刀を取り出した。鞘といっても角張っていて幅と厚みがあり、そこに三振りの刀が収まっている。諒子はそれを腰に装着した。

「ん？　なんだか忍者らしからぬ気がするのですが？　妙に機械的な雰囲気が？　え？　三刀流！」

「人の武装などどうでもいいでしょう。キャロルはどうするんですか？」

「私にはこれがありマース！」

キャロルは、懐から拳銃を取り出した。

「ちょっと！　街中で撃つつもりですか！」

「超サイレントですので問題なしデース！」

そう言うのなら信じるしかないのだろう。二人は、やってくる少女へと向き直った。

「ごきげんよう。物々しい雰囲気からして、私を迎え撃とうというところ？」

少し距離を置き、少女が立ち止まった。ただの人間ではないことが一目でわかった。纏っている気配があまりにも剣呑過ぎるのだ。

「おとなしく捕まるつもりはありませんよね？」

「ええ。拠点を確保し、ここから私の吸血鬼ライフがあらためて始まるのだから！」

「仕方ありませんね！　適当にボコってお縄ちょうだいデース！」

パスン。そんな気の抜けるような音がした。キャロルが実にスムーズに拳銃を発射していたのだ。

少女が体勢を崩した。キャロルの撃った弾が足に命中したのだ。

諒子は柄に手をかけながら、一瞬にして少女までの距離を詰めた。刀が電磁力で加速する。人力ではありえない速度で抜刀し、そのままの勢いで少女の胴を薙いだ。

非殺傷用電磁刀。要は巨大なスタンガンだが、くらえばただではすまない。肋骨の数本はまとめてへし折れ、内臓にも損傷が発生するだろう。

だが、手応えがなかった。刀は、少女を通り過ぎたのだ。目測を誤ったのでも、避けられたのでもない。刀は確実に少女を捕らえていたはずだった。

少女の身体が瞬く間に変化していた。上半身が無数の小さな蝙蝠と化し、上下に分かれて刀をやり過ごしたのだ。

殺気を感じ、諒子は飛び下がった。先ほどまで諒子がいた位置を、狼の顎が通り過ぎた。少女の下半身が狼と化し、襲ってきたのだ。

「キャロル！　どこがヒグマ程度なんですか！」

諒子はキャロルの隣に戻り、訊いた。

「想定外といいますか、こんな話は聞いていなかったのですが？」

「対策はあるんですか？」

「うーん。不思議生物ではないはずなので、全部焼き尽くすとかすればあるいは」

蝙蝠の群れは結合し、少女の姿を取り戻していた。つまり少女と狼の二体が敵ということになるし、この調子では何体に増えるかわかったものではなかった。

「十分不思議生物だと思いますが、確保前提で動くのは無理ということですね」

諒子は刀を鞘に収め、鞘の側面から透明な板を取り出した。諒子が手にした途端、板の表面に文字と紋様が描かれていく。板を軽く振ると、燃えさかる犬が現れた。

「はぁあぁああ!? 何なんですかこれは！」

「燃やせばいいんですよね？」

「ではなくて！ これ何なんですか!?」

「式神ですけど」

「式神!?」

キャロルはニンジャ好きを公言しているので、てっきり現代の忍者についても知っているのだろうと諒子は思っていた。だが、この様子からするとよく知らなかったらしい。

「説明は後で。とにかくあいつをどうにかしますよ」

諒子は式神を狼へと差し向けた。燃えさかる犬が、狼と激しく絡み合う。一旦は任せておいて大丈夫なようだ。

キャロルが少女を撃つ。弾は額に当たったが、その程度では死なないようだった。一瞬、穴が空いたように見えたが、すぐに塞がってしまったのだ。

「これは銀の弾丸とかが必要でしたか!?」

「いえ。多少は効いているようです。地面に落ちた蝙蝠はダメージを分散した結果なのでは？」

血を流し、動きを止めた蝙蝠が数体地面に落ちていた。

「キャロルはとにかく撃ちまくってください。私は私で動きますので！」

諒子が再び飛び出した。二つ目の刀を掴み、抜刀する。

光が、煌めいた。鞘から放たれた無数の小さな刃が、少女の全身に襲いかかったのだ。少女がまたもや小さな蝙蝠へと変化する。だがそれは想定内だ。諒子は、振り上げた刀を振り下ろした。刃の軌道が変わる。刃の群れが、ばらけた蝙蝠へと降り注いだ。数匹が、刃に切り裂かれた。分かれた蝙蝠が飛んでいき、離れた場所で集合して少女の姿へと戻る。どうやら、ずっと小さな蝙蝠ではいられないようだ。

刀の射程外。諒子は、刃を本体へと戻した。柄から生えた短い刃に小さな刃がまとわり付いていく。

散刃自在刀。抜刀時に散弾のように刃が散らばり、一定時間内なら軌道も操れる。刃は細い糸で繋がっていて、回収して再び放つことも可能だ。

「ちっ！」

少女が鬱陶しそうに舌打ちする。逃げた先、人に戻ったところをキャロルが撃ったのだ。

諒子は刀を鞘に収め、再び少女へと詰め寄った。抜刀。細かな刃を叩き付けると、少女は大きく飛び下がり、そのまま空へと浮かび上がった。

キャロルが追撃するも、距離があるためか当たらないようだ。

「ああ、もう！　鬱陶しいわね！」

そして、諒子は前後不覚に陥った。

唐突に衝撃が襲い、吹き飛ばされたのだ。

――何が……。

眼前の光景が歪んでいる。耳鳴りがし、周囲の音も聞こえない。かろうじて自分が倒れ伏していることぐらいはわかり、諒子はどうにか身体を起こそうと力を入れた。

――まさか、音波？

蝙蝠の特徴で、超音波を発すると言っていたことを思い出した。だが、それは位置測定のためのエコーロケーションを想定してのことで、大音量をそのまま叩き付けるような攻撃をしてくるとは思ってもみなかった。

――キャロルの情報がまったくあてにならない……！

キャロルの言うことを鵜呑みにせず、もっと慎重に動くべきだった。恨みを籠めてキャロルを捜すと、彼女も無様に転がっていた。

「これ、吸血鬼っぽくなくて嫌なのよね。できればやりたくなかったんだけど……むかつくわ！」

遠くからのような、歪んだような声が聞こえてきたが、気配はすぐそばにあった。

式神の気配を探る。彼もやられてしまったらしい。

諒子は、三本目の刀を掴んだ。近くにいるのなら、闇雲に振るってみてもいいはずだ。

「首筋に嚙み付いてやろうかと思ったけど……残念ね。油断はしないわ」

気配が離れていく。大きな呼気が聞こえた。全力で息を吸っているのだ。予備動作のない速攻でこの様だ。では準備万端で大声を叩き付けられればどうなるのか。とても生きていられるとは思えなかった。

――くそっ！　一か八か！

何もしないよりはましだ。適当にでも攻撃をしようと身体に力を籠める。

「死ね」

そして、ぼんやりとした視界の中でも、蝙蝠の少女が倒れるのがわかった。

「え？」

視界が回復していき、声の主の姿がハッキリとしてくる。

なぜ高遠夜霧がこの場にいるのか、諒子にはさっぱりわからなかった。

＊＊＊＊＊

なぜか、篠崎家の門前で戦いが繰り広げられていて、殺意を感じたので夜霧は力を使った。こちらの世界に戻ってきてからも、今のところ第一門は開けたままにしているので、力を使うのは簡単だった。

「二宮さんとキャロルか。大丈夫？」

「あ……はい。回復してきました。もう立てます」

諒子がよろよろと立ち上がった。まだ無理をしないほうがいいと夜霧は思ったが、本人がそうしたいのなら止めても仕方がないのだろう。

「あの。人の家の前でバトルとかやめてくれる？」

夜霧と槐は帰るところで、綾香は見送りにきてくれているのだった。

「それはひどいですよ、綾香！　私たちは綾香を守るために戦っていたのですよ！」

キャロルも立ち上がって近づいてきた。

「そうなんだ。あれと？」

夜霧は倒れている黒尽くめの少女を指さした。

「あれとです」

「何がどうなってそんなことに」

夜霧には状況がさっぱりわからなかった。

「その前に、一言いいですか？」

キャロルが真剣な顔で夜霧に詰め寄った。

「いいけど、何？」

「この浮気者！　篠崎さんちでしっぽりやってやがったのですか！　壇ノ浦さんというものがありながら！　しかももう一人いるじゃないですか！　両手に花ですか!?　花びら大回転ですか！」

「何言ってんですか！　高遠くん、すみません。キャロルがアホで」

諒子が素早くキャロルの頭を押さえ付けていた。

「アホってひねりなさ過ぎますね！　諒子は許せるんですか！」

「高遠くんはいいんですよ！　ハーレムを作ろうと、大回転しようと何回転しようと許されるんです！」

その言いようもひどいのではないかと夜霧は少し傷付いた。

「用事があって来てただけだよ」

「私も変な誤解は心外ですけど？」

綾香は不機嫌を露わにした。

「夜霧……あんた、いつの間にか女の子の友達ばかり……」

槐が冷たい目で夜霧を見ていた。

「確かに、言われてみればそんな状況か」

いつの間にか諒子、キャロル、綾香、槐の四人に囲まれてしまっている。いずれも美少女ではあるので華やかな状況とはいえるかもしれないが、夜霧には面倒くさいとしか思えなかった。

悪霊

幽霊などというものは通常では存在できないし、存在できたとしても非常に曖昧なものだ。それは残滓でしかなく、大半の場合は死に際の強烈な想いを再生し続ける現象となりはてるだけだった。

つまり、幽霊になるのも、悪霊となって祟るのも才能がいるのだ。生前の意思をハッキリと残し、意識が連続しているとなると非常に希であり、希有な存在だった。

つまりは天才だ。

それは、特定の名を持たない、原始の時代に死んだ何者か。それ以来、ずっと意識を紡いできた化物。『機関』がただ『悪霊』と呼ぶものだった。

『悪霊』は己の才覚を十分に自覚していた。

それが故に『悪霊』はただ虚空を揺蕩い続けた。存在し続けることこそが力だと、より長い年月を無為に過ごすことこそが強大な存在の証明だと確信しているのだ。

『悪霊』は周囲の一切に頓着しなかった。力の流れに身を任せ、ゆらゆらと彷徨う。行った先に何がいようと、ただそれを取り込み、糧とするだけだった。

一度やってくれば全てを呑み込み、後には何も残さない。そこにたいした意思はなく、それが自然の摂理だと考えている。それは飢饉を起こし、地震を起こし、疫病を発生させる。存在するだけで全てに害悪を及ぼす、それはまさに災害だった。

「おい。ここは我、壇ノ浦もこもこの縄張りだ。早々に余所へ行くがよい」

『悪霊』がいつものように空を彷徨っていると、何者かが立ち塞がっていた。もちろん、そんなものを気にするわけがない。いつものように突き進み、巻き込まれて砕け散った魂の残滓を啜(すす)るだけのことだ。

「聞こえとらんのか！」

狩衣(かりぎぬ)を着た女、もこもこが苛立ちを見せた。霊格からすれば平安期の霊だろう。取るに足りない、有象無象の一つでしかなかった。それが何を言っているのかはわかる。ただ『悪霊』にとっては雑音に過ぎなかった。気に留める必要もない、すぐに消えゆく儚い意思の表れでしかなかった。

力の流れにそって『悪霊』は動いていく。身に纏う威が、台風のように渦を巻く霊力が、もこもこを呑み込んだ。

「しゃらくさいわ！」

途端に力が消し飛んだ。何が起こったのか『悪霊』にはわからなかった。これまでにはなかったことが起こり、状況を把握できなかったのだ。

もこもこが近づいてきて『悪霊』の頭部を片手で摑んだ。『悪霊』は自分が人の形を持っていることを久方ぶりに思い出した。

「優しく言っておれば付け上がりおって！　さっきから聞こえておったよなぁ!?　あぁ!?　それを無視か？　しれっと無視したら通れるとでも思っておったのか!?」

みちり。そんな音が聞こえたような気がした。実際には存在しない、人としての頭部が軋みをあげているのだ。

「貴様が何者だかなど知ったことか！　ただ壇ノ浦の縄張りを通ることはまかりならんと言っておる！　理解できたか？　理解できたのならさっさと去ね！」

もこもこが振りかぶり、『悪霊』を放り投げた。

悪霊は後退を余儀なくされ、壇ノ浦の縄張りとやらの外にまで追い出されたのだ。

「いいか？　貴様がどこぞの神かは知らん！　ただ、何者であろうとここは通れんと言っておるのだ！　来るというのなら戦だ！　壇ノ浦をなめるなよ！」

『悪霊』はそれでもわからなかった。いつものようにゆらゆらと流れていたら、何か邪魔になるものがあった。ただそれだけの話であり、流れをそれようなどとは思わなかった。『悪霊』はただ力の流れに従う。そこに障害があるのなら、押し潰して通るだけのことだ。

『悪霊』は再び動きだし、壇ノ浦の縄張りを侵犯した。

ぶちりと何かが切れたような音が響いた。霊や魂というのはイメージの存在だ。あると思えばそれはあるのであり、つまりそれは堪忍袋の緒が切れた音だったのだろう。

もこもこが飛び出す。瞬時に『悪霊』に迫り、右拳を振り下ろした。『悪霊』は吹き飛ばされ地面に激突する。地面は、霊にとっても明確な境だ。そこから先へは行けず、そこに留まることになる。

もこもこが急降下し、両足で『悪霊』の背を踏み付けた。

もこもこが『悪霊』の髪を摑み、顔面を地面へ叩き付ける。

何度も、何度も、叩き付けた。

『悪霊』は、次第に恐怖を覚えはじめた。痛いわけではない。その執拗さに、純粋な殺意に恐れを成したのだ。

「ぎゃああああああ！」

いつの間にか『悪霊』は悲鳴を漏らしていた。霊力が、魂が削れていく。何千年と蓄積し、層を成した力が削れていくのだ。己の存在がゆっくりと消えゆく恐怖。逃れようのない圧倒的な暴力。

それは痛みとなり『悪霊』の意思を挫(くじ)いた。

「タスケ……タスケテ……タスケ……」

『悪霊』は言葉を搾り出した。死後に蓄積した知識の中にあった、日の本の言葉をどうにか紡いだのだ。

「あぁ!?　喋れるではないか、阿呆が！　だったら助けを乞う前に言うべきことがあろうが！」

もこもこは動きを止めなかった。話しながらも『悪霊』を地面に叩き付け続けていた。

「ワカラナイ……ワカラナイ……タスケテ……タスケテ……」

「詫びの一言もないのか！　あぁ!?　まずはごめんなさいだろうが！」

「ゴメン……ゴメンナサイ……ユルシテ……ユルシテ……」

「ちっ」

詫びろと言って、相手が詫びた。一応は言葉通りになっている。もこもこは、再び『悪霊』を放り投げた。縄張りの外へと大きく投げ捨てたのだ。

「去ね！　二度と来るなよ！」

もこもこが怒りを露わにしている。それこそが嵐であり、災害のように『悪霊』には思えた。当然、近づけるはずもなく『悪霊』はボロボロになった霊体を引きずるようにしてその場を後にした。

＊＊＊＊

幽霊だとか霊魂だとか魂だとか。

現にその状況にあるもこもこにもよくわかってはいなかった。

もちろん、人には魂があって、死ぬと身体から離れるのだと単純に考えてもいい。だが、そうなると人は魂でものを考えていることになってしまい、情報処理装置としての脳の役割がよくわからなくなってくる。もこもこは案外リアリストなので、そのあたりをうやむやにすることができないのだ。

もこもこの当面の結論は、情報の保持と処理は脳以外の場所でも行われているというものだった。それが具体的に何になるのかはよくわからないが、空間や場そのものにそんな機能があると仮定してもいいだろう。

生きている間は脳で処理が行われていて、死後、脳が保持していた情報が場へと転写されるのだ。その情報には情報そのものと、その情報を処理するアルゴリズムが含まれていて、以降は場が情報を処理して更新していく。

「そう考えると無理矢理辻褄を合わせることはできるのだが、そのあたりの仕組みがよくわからんから、机上の空論なのよなぁ」

空にふわふわと浮かびながら、もこもこはつらつらととりとめのないことを考えていた。

場にそんな機能があるとして、では、なぜ全ての人間が霊にならないのか。ほとんどの人間は死んだらそれまでだ。霊として意識を存続させることはできないし、霊になったとしても曖昧な、意思疎通も難しい状況に陥るだけだった。

「まあ……我がとてつもなく強大な存在だ！　ということでいいのかもしれんが……しかし異世界でも我が存在できておったのだから、魂、もしくは場の仕様はどこであっても共通ということなのか？」

だが、異世界ではもこもこにも多少の変化はあった。それは、知千佳からあまり離れることができなくなったことだ。つまり、元々は浮遊霊のような存在だったが、異世界では背後霊としての存在を余儀なくされたのだ。

「そうなると、背後霊に関しては別の可能性も考えられる。すなわち、知千佳の脳を間借りしていたというパターンよな」

それもありそうだとも考える。たとえば、処理能力は場によって異なるとしよう。異世界は、異世界の霊に最適化されているため、別の世界の霊であるもこもこをうまく処理できなかった。そこで、知千佳というハードウェアをアクセラレータとして使用し、存在を補強していたのだ。そのため、知千佳から離れると存在が不確かになるといった理屈だ。

「んー、我、憑依させられたりもしとったが、あの場合はあやつの脳で処理をしとったということになるのか？　……あれは忘れたほうがよいな！」

守護霊としては守るべき存在を攻撃するなどあってはならないし、沽券に関わってくる。もこもこはしれっと忘れておくことにした。

「しかし暇よなぁ。なんぞ面白いことでもないものか」

異世界でのことが懐かしくなるほど、今のもこもこは暇だった。守護霊として子孫の前に現れたのはあくまでも異世界という特殊な状況下での例外であり、普段は知千佳などと交流することはないのだ。

それに、スマート家電を操ってイタズラしていたこともうっかり喋ってしまったので、あまりおおっぴらにイタズラもできなくなっていた。もし、壇ノ浦家の近所でそんなことがあれば、たちまちばれてしまうだろう。

それで何か問題があるわけでもないのだが、壇ノ浦家の守護者としては、子孫たちに嫌われるようなことをあまりやりたくはなかった。

「うーむ……知千佳はこっちに戻ってきてからは我を呼ぼうとせんしなぁ」

一応、道場にある神棚を通じて連絡ができることにはなっていたが、知千佳がもこもこを呼ぶことは一切なかった。

「かっこ付けて、よほどのことがない限り呼ぶではないぞ！　などと言ってしまったからなぁ……。我のような不確かな存在を当てにするような情けない子孫であっても困るので、これはこれでよいのだが……」

別に知千佳の前に現れたところで何の問題もないはずだが、つい言ってしまったのだ。

「しかし、せいせいしたと言わんばかりなのが癪に障るよな！　もっと敬ってしかるべきかと思うのだが！　多少はさみしがってもいいのではないか!?　なんぞお供えをするとか！　いや、されても別に我が食えるわけでもないんだが！」

だが、もこもこからわざわざ会いにいくような真似をするつもりはなかった。守護霊がずっとそばにいるなど鬱陶しいという気持ちもわかるからだ。

「何か面白い物でもないものか。そうだな、ペットロボはどうだ？　あれなら多少おかしな振る舞いをしたところでＡＩの挙動ということになって不思議でもなんでもないかもしれんし！」

もこもこはふわふわと動きながら電磁波を傍受した。インターネットに繋がっている回線を調べ、ペットロボットメーカーのサーバーとのやりとりを探していく。

「うーむ。案外ないな。本格的なペットロボはそれほど普及しとらんのか」

玩具レベルのロボットが急に人のような振る舞いを始めればおかしいだろう。できるだけ高価で、複雑な振る舞いをしてもおかしくないようなロボットが理想だった。

「……いや？　ロボットならあるのではないか？」

人型で高性能。異世界で操った実績もある。そして、それはこの世界に元々あったものなのだ。

「問題はどこにあるのかだな。当然、こちらの世界では停止しておるだろうし……皇家から当たるか？　いや、槐本人は自分のロボのことなど知らんか。小僧を襲ってきたとかのはずだから研究所関連か……小僧に訊いてみたほうが早そうだな」

子孫とは会えないが、高遠夜霧に会うのは問題ない。勝手にそういうことにして、もこもこは夜霧のスマートフォンへと発信した。電波とネットワークについては暇に飽かせて散々に研究している。基地局に侵入して、勝手に電話をかけるぐらいは造作もないことだった。

ただ勝手にインフラを使用するのはよろしくないとはもこもこも思っているので、回線の名義はちゃんと用意してあるし、料金も支払っていた。

『もしもし？』

「我だ我！　壇ノ浦もこもこだ！」

『久しぶりだね』

「幽霊から電話がかかってきたというのにやけに冷静だな！」

『幽霊っていっても、もこもこさんだし』

「まあ、今さらか」

『何か用？』

「ほれ、槐というのがおったであろう。あれ、ロボットでこちらにあるのだよな？」

『あれ？　もしかして近くにいるの？』

「どうした？」

『いや、その槐と今一緒に歩いててさ。篠崎さんの家に向かってるのがまさにその件で』

「ほう。奇遇だな。そのあたりのことについてちょっと話したいんだが、篠崎の家に行けばいいのか？」

『うん。しばらくいると思うけど』

「ではそちらに向かおう。少し時間がかかるかもしれんから、すぐ来なくても我のことは気にせんでくれ」

　もこもこはふわふわと空を飛んで動きだした。

「ふーむ、移動は多少もどかしいものがあるな」

基本的に、高速移動は難しかった。場が情報を処理しているという話であれば、移動ごとに逐一情報を書き換えているためかもしれない。一度通過した場所ならしばらくはスムーズに移動できるのも、その推測を裏付けるものと考えられた。

「一定の範囲内であれば自在なのだが……この範囲が我が占有できる領域ということなのか、移動するごとに領域の拡張もせねばならんのか」

地縛霊などは支配領域を拡張して移動できないのかもしれない。そのあたりの仕組みをもう少し突き詰めてみてもいいかもしれなかった。また暇になったら研究しようと考えながら、もこもこはふわふわと篠崎家へと近づいていく。

しばらくして、篠崎家の門前に辿り着いたら、やけに人が集まっていた。

篠崎綾香がいるのは当然だし槐も一緒とは聞いていたが、二宮諒子とキャロル・S・レーンまでいるのは意外だった。それに何やら倒れている者もいるので、何らかの騒ぎがここで起こっていたようだ。

『何をしとるのだ?』

「あ、もこもこさんだ」

基本的には存在を認識されないもこもこではあるが、夜霧は例外だった。夜霧は、いることを知っている霊体であれば認識できるのだ。

「何か襲ってきたらしくて、二宮さんとキャロルが戦ってたらしい」

『ふわっとしとるのぉ』

「直接関係ないからなぁ」

だが、敵らしき者を倒したのは夜霧らしい。さらっと殺しておいて関係ないと言い放てるのだから、やはり普通の人間ではないのだろう。

「気になるのでちょっと、何があったか訊いてくれんか？」

「いいよ」

夜霧はさほど気にしてはいなかったようだが、もこもこの頼みを聞いて事情を訊いてきてくれた。

『ほう。異能者が脱走して、それを追っていたということか』

「三人いるから、後二人どっかにいるみたいだけど」

『物騒だな。だが、我が気にする必要はなさそうだ。それはそれでいいとして、そっちが槐か。ロボのころよりは大きくなっとるな。それで槐関連で何をしとったのだ?』

「そのロボだけどさ。いつまでも残してるのはどうなんだと思ったから、本人に処遇を決めてもらおうと思って」

『何じゃ？　壊すのか?』

せっかくいい案を思い付いたと思ったのだが、壊すというのなら仕方がないところだった。

「それがいいと俺は思ってたんだけど、槐が妙なことを言いだしてさ」

『妙とは?』

「このロボは勝手に作られたみたいだけど、権利は自分にあるんじゃないかって。それはわかるんだけど、だったら売ってお金にできないかって言いだしたんだよ」

『売る……のは無理なんじゃないのか？　公には知られていない技術で作られとるというのに』

「うん。それに売った後は管理外だし、どう使われるか不安だろ？　だからやめたほうがいいんじゃないかって言ったんだけど、だったらこのロボを働かせられないかって」

『なんじゃ？　金に困っとるのか？』

「らしいんだよ」

『ふむ……それならちょうどいいかもしれんな。槐ボディじゃが、我にレンタルせんか？　レンタル料も払おう』

「操ってたのは知ってるけど、もこもこさん、お金持ってるの？」

『持っとるぞ。スマホでQR決済アプリを起動するがよい。そこの受け取るを押して……こうだな』

　もこもこはQRコードを読み取り、夜霧宛てに千円を送金した。夜霧のスマートフォンから軽快な音が鳴り、チャージされたことを伝えてきた。

「ほんとだ。どうやって稼いでるの？」

『ネットワーク上で完結する仕事などいくらでもあるし、多少の元手があればそこから運用して増やすことも可能だ。暇なときはデイトレードなどもやっておる』

「うーん。もこもこさんなら大丈……大丈夫か？」

『あんまり大丈夫な姿を見せておらんかったかもしれんが……こちらは暇潰しにロボで遊びたいだけだからな。無茶をするつもりはないし、ＮＧ行動などの要望は全て呑むつもりだが』

「槐がお金を欲しいなら悪い話じゃないのか？　もこもこさんの存在を説明するのが難しいというか、面倒くさいことを除けば」

『面倒かもしれんがうまいこと説明を頼む』

夜霧はもこもこの提案を全て槐に伝えた。

「幽霊がいるの？」

槐がきょろきょろとあたりを見回していた。疑う様子はないので、素直に信じたのだろう。

『そやつ、スマホを持っとらんのか？』

「うん。お母さんしか持ってないって」

『それほど困窮しとるというのも哀れよの。話がしたいので小僧のスマホを槐に貸してやってくれ』

夜霧はスマートフォンを槐に渡した。

「我は壇ノ浦もこもこ。話は先ほど聞いたとおりだ。どうだ？　ロボを貸してはもらえんだろうか？」

『え？　幽霊が電話できるの？』

「できるのだ。ロボを貸してくれるのなら、お主用のスマートフォンも用意してやろう。通信代金も払ってやる。必要経費だ」

『う……で、でも、いきなりよくわかってないものを貸せって言われても……』

揺れ動いているのが伝わってきた。もう一押しだろうともこもこは判断した。

「一体に付き十万。三体で一月あたり三十万円払おう」

『よろしくお願いします！』

金で済むのなら、実に簡単なことだった。

＊＊＊＊

もこもこに痛め付けられた『悪霊』は為す術もなく『機関』に捕らえられ、幽閉されることになった。

霊的な封印が何重にも仕掛けられた部屋に閉じ込められたのだ。

本来の『悪霊』であれば造作もない、取るに足らない仕掛けではあったが、力をなくした『悪霊』はただ耐え忍ぶしかなかった。

『悪霊』は怒りを覚えていた。ほとんど植物のような域に達しようとしていた精神が、もこもこに叩きのめされたことによって凡俗のごとくに変化していたのだ。

明確な意思が芽生え、壇ノ浦もこもこへの復讐を誓う。

壇ノ浦の全てを呪おう。親類縁者だけに及ばず、その土地に関わりのある者全てを憑き殺そう。

心の内でぐるぐると呪詛を巡らせる。そうやって呪いと怒りを熟成させながら待ち続けることは苦でもなかった。

『悪霊』は力を回復させながら、それを悟られないようにと内へ潜める。そうして、いつか綻びが生じるときが来ることに賭けたのだ。

そうしてどれほどの時が経ったのか、機会は訪れた。

唐突に部屋が切り裂かれ、全ての封印が解かれたのだ。

少年が入ってきた。大騒ぎの原因は彼のようだ。『悪霊』は彼に憑いた。彼についていくのが、

「あ？　何もねぇが……何かいる気もするな。おい、一緒に逃げようぜ？」

脱出するのには手っ取り早いと考えたのだ。

蝙蝠の獣人に運ばれ、都合がよいことに壇ノ浦の近くへと連れてこられた。

『悪霊』は力を解放した。そして、手当たり次第にそこらの雑霊を取り込んだ。これまでは強くなろうなどとは考えもしなかった。『悪霊』はただ在り続けるだけで強者だったのだ。

だが、今は違う。強くなるために、より強靱になるために。積極的に力を求めたのだ。

強くなろうとする『悪霊』はいくらでも強くなれた。瞬く間に全盛期を越え、さらに肥大化していく。呪詛に塗れ、復讐に凝り固まった『悪霊』は今までにはない悪意と呪いに満ちていた。充実

感があった。これこそが本来あるべき姿であったのだろう。そう確信できるほどに、力が満ち溢れていた。

時は満ちた。今ならば、何が相手であろうが負けるはずがない。一度敗れ地を這ったというのに、その屈辱を簡単に塗り潰せるほどの矜持を得ていた。

『悪霊』は動きだした。壇ノ浦もこもこは最後だ。まずは呪いで地を満たそう。二度と草も生えぬように地を穢そう。そこに生きる有象無象が死に絶えるほどの呪詛をまき散らそう。

『悪霊』が吼える。呼応するように、地から闇が滲み出る。それはこの世に未練を残した魂の残滓。拡散せずに留まり続けた邪なる汚穢。『悪霊』に惹き付けられ、形を成した無数の悪意だ。

『悪霊』は空へと飛んだ。雑霊どもを率い、空を埋め尽くす。霊感のある者なら、この世の終わりとでも思うような光景だろう。『悪霊』は壇ノ浦の縄張りとやらを確認し、そして唐突に壇ノ浦もこもこと遭遇した。

****

皇槐との交渉がうまくいき、喜び勇んで帰ってきたところでもこもこはそれを発見した。

蠢く暗黒。悪意の渦。呪詛の塊。闇の太陽とでも呼べばいいのか、巨大な黒球が街の上空に浮いているのだ。そして、その周囲を悪意ある霊どもが無数に取り囲んでいる。

「おうおう。まるで百鬼夜行がごとき有様よの」

一目見て、もこもこは悟った。それは、およそこの世にあってはならないものだ。

「ふむ。お主、どこかで会ったことがあるか？　まあいい。我は今気分がよいのでな！　このまま立ち去るなら見逃してやってもよいぞ？」

これを放っておけば確実に災いが巻き起こる。霊や魂の世界、幽世(かくりよ)だけではなく現世(うつしよ)においても実害が発生するだろう。それは地震や竜巻といった自然災害だろうし、陰鬱が蔓延し人の社会が停滞するといった間接的なものも含まれるが、何にしろ広大な範囲を巻き込んだ地獄絵図になることは間違いない。

とはいえ、壇ノ浦家の守護霊であるもこもこに、そんな悪霊にまで対応する義務はなかった。壇ノ浦家に直接危害が及ばないのなら基本的には放っておくしかない。そんな些事に囚われて本来の仕事である壇ノ浦家の守護が疎(おろそ)かになっては何の意味もないからだ。

「ダンノウラ……ダンノウラ、モコモコ！」

闇が震え、悪意が谺(こだま)する。黒球の中にいる何者かの正体はまるでわからないが、もこもこへの多大な恨みだけは十分に伝わってきた。

「おうおう！　そこまで情熱的に我が名が呼ばれるのは久しいな。して、何用だ？」

言葉がどうにもおぼつかない。得意ではないようなので、動物霊の一種かともこもこは考えた。

「コロス！」

それの怒りで大気が震えた気すらする。さすがに、これを放置はできないようだった。このまま家へと戻ったところで、追撃されるだけだろう。

「よかろう。付き合ってやろうではないか。場所を変えるぞ」

ここで戦闘になった場合、まだ離れているとはいえ壇ノ浦家にも影響が出かねない。もこもこは来た道を戻ることにした。直近に通過した場所はもこもこの支配下にある。そこを通るなら、高速移動が可能だった。

戻る先は当然、篠崎家だ。あのあたり一帯は全て篠崎家の土地だ。つまり、派手な戦いになって周囲に影響が出たとしても、迷惑を被るのは篠崎家だけということになる。

「おわ！」

闇の塊は、もこもこを追ってきた。そして、そこから黒い鞭のようなものが伸びてきたのだ。慌てて躱したが、少々まずい事態だった。もこもこが高速移動できる範囲は限られているのだ。それに気付かれれば、飽和攻撃により逃げ場を塞がれてしまう。

次々に伸びてくる黒鞭を、雑霊の特攻を躱しながら、もこもこは先を急いだ。

「おおっと！」

後ろばかり気にしていたので、突然の前からの攻撃にもこもこは慌てた。

どうにか躱し、急停止する。闇の首魁は前方に回り込んでいた。どうやら、もこもこが想定した以上に素早いようだ。

「ふっ。だが逃げるような真似はここまでよ！　ここが目的地なのだ！」

篠崎家。ここに来たのは周囲への迷惑を考えてだけではない。

「さあ小僧！　やってしまうが……って、もう帰っとるではないか！」

だが、その当てはおおいに外れてしまっていた。もしかすると夜霧が面倒な敵を倒してくれるかもしれない。そんな淡い期待と共にここまでやってきたのだが、もう門前には誰もいなくなっていた。

いつの間にか、周囲を雑霊どもに取り囲まれていた。前後左右上下、逃げ場なく有象無象が密集している。

「はぁ……というか、お主何者だ？　我、そこまで恨まれるような相手は……大量にいるんだが大半は殺しとるはず……いや、殺しとるから悪霊化して襲ってくるのか？」

つまり具体的な相手に心当たりはなく、対象を絞り込むことは不可能だった。

「何か知らんが倒せばよいのだな！」

黒鞭が飛んでくる。もう躱す必要はないので、もこもこはそれを手で受け止めた。

「ふん！」

気合いを入れて鞭を引きちぎる。正面から相対すればこの程度の攻撃への対処など造作もなかった。

「こんなちまちました攻撃は通用せんぞ？　大技でこい！」

もこもこの言を素直に聞きいれたとも思えないが、この程度では通用しないことは理解したのだろう。悪霊は黒鞭を小出しにしてくるのはやめた。

闇が収縮していく。それは一点へと集中し、中にいた者を露わにした。

「正体を現し……いや、誰だ？　やっぱり心当たりがないのだが？」

それは黒い人影といった存在だった。人の形をした憎悪と呪詛の塊。顔の判別などつかず、ただ怨みを体現しただけの闇人形。それが両手を前に伸ばしている。その先に闇が凝り固まっていた。

「なんちゃら波でも飛ばすつもりか？」

ちらりと背後を見る。雑霊どもでよく見えないが、その先には街が、壇ノ浦の屋敷がある。これほどの闇を凝縮した呪詛の塊だ。これが放たれた場合、何の影響もないとは思えなかった。

「ふむ。それを受け止めるなり、相殺するなり、消し飛ばしなりする必要があるわけだ」

もこもこは、弓手(ゆんで)を前へ、馬手(めて)を肩口にまで引いた。それはつまり、弓を引く姿勢だ。

「我を倒そうとそうなったようだが……悪手だな。悪鬼羅刹、悪神、悪霊、禍(まが)つ神(かみ)。邪なる者では我を倒せはせん」

もこもこの手に弓が現れた。矢はなく、弦のみを目一杯に引き絞っている。

「壇ノ浦流弓術奥義、弦鳴(つるなき)」

悪霊が、限界まで押し縮められた呪詛を放つ。

もこもこは、弦を放った。

玄妙なる調べと共に、圧倒的な光が放射される。清浄なる光は周囲一帯を白く染めあげ、黒き者どもの存在を許さなかった。

消えゆく者どもが小さな苦鳴をあげるが、そんなわずかなものすらも弦音がかき消していく。

結果、もこもこ以外の全てが消え去った。

「知千佳には信じてもらえんかったが、我は神霊みたいなものだからな！　こんな悪霊ごときが敵うわけがなかろうが！」

身の程知らずが襲ってきたので返り討ちにした。もこもこにとってはその程度の出来事だった。

「すっかり帰るのが遅くなってしまったな。まったく」

もこもこは再び家路についた。悪霊退治のことなどすぐに忘れ、ロボをどう活用するかの検討に夢中になっていた。

軌刃

レールブレード。

イヅナは自分の能力をそう名付けた。

能力は単純で、物を切り裂くというものだ。端から見れば、一瞬で発動し、瞬く間に切り裂いているように見えるだろうが、術者であるイヅナからすると、その工程は二つに分かれていた。

一つが見えないレールの設定で、もう一つがレールに沿って見えない刃を動かすことだ。刃は一度起動すれば、レールに沿って一方向に動き続け、終端で消失する。こう聞くと弱点があるようにも思えるが、実際にはこの二つの工程は一瞬で行えるし、レールも刃も他者には見えないのだから実用上はさほどの問題はなかった。

とはいえ、イヅナは実用を語れるほどには能力を使いこなしてはいなかった。

狭い部屋に閉じ込められ、ただ生かされているだけの生活だ。わざわざ能力を使うような場面はないし、日用品を切り裂いたところで困るのは自分だけだった。

戯れに壁や扉を攻撃してみることはあるが、それでできるのはかすり傷のようなものだけだ。同じ箇所を何度も攻撃すればさらに削ることもできるのだが、多少傷付けたところでいつの間にか綺麗に修復されるだけのことだった。

寝ている間に手入れがされているらしく、そうなると同じように攻撃しても傷付かなくなっていた。どうやら、材質が強化されているらしい。

誰かが入ってきているのなら、脱出のチャンスがあるかもしれない。そう思って寝たふりなどをしてみたが、起きている間に誰かがやってくることは絶対になかった。

もしかすると睡眠薬などで強制的に眠らされているのかもしれないが、何を画策したところで全てがこの組織の掌の上なのだろう。

そういった謎の気遣いがあるように、ここではある程度の自由は認められていた。

テレビ番組は見られるし、制限はあるがインターネットの使用は可能で配信動画やコンテンツを楽しむぐらいは可能だった。

教育プログラムも実施されていて、最低限の学力が身に付くようにも配慮されている。

どうせ外に出られないのに何の意味があるのかとも思うが、これは身の程を知らせるためでもあるのだろう。無知蒙昧のままでは何も考えずに自棄（やけ）になって暴れるかもしれない。世界の大きさと、自分の矮小さを知らしめればおとなしくしているだろうと思っているのだ。

イヅナがこの境遇をどう考えているかはともかく、このままでは脱走など無理であることは理解していた。

ここはイヅナのような異能者を管理するための施設。十分な対策が取られていることだろう。

しかし、転機は唐突に訪れた。

寝て起きれば、周囲の様子が激変していたのだ。

周囲にぐるりと燭台があり、そのさらに外側をフード付きのローブを着た者たちが取り囲んでいる。

薄暗い部屋。紋様の描かれた石畳。隣に寝ている小太りの少年。

イヅナはレールを円形に設置した。自分を中心に、ローブの者たちを円周上に。即座にブレードを放ち、軌道上の全てを両断した。

普通なら周囲の環境がこれだけ変われば混乱することだろう。だが、イヅナは決めていたのだ。もし、何か脱走のチャンスがあるのなら、躊躇わずに能力を使い周囲の者を斬り殺そうと。

意識的に能力を使い、人を殺したのはこれが初めてだったが、イヅナはたいした感想を抱かなかった。部屋で見ていたドラマでは、人が人を殺すことは大事件として描かれていた。それは様々な感情と葛藤を発生させ、物語を押し進める原動力となるものだが、イヅナにとってはただの物と現象でしかなかったのだ。

「何か知らんがとにかく逃げるか」

とにかくここは先ほどまで寝ていた部屋ではない。降って湧いた好機を逃すつもりはなく、イヅナは駆けだした。すぐに壁があり、窓がある。外を見てみれば高層階のようだった。

イヅナはレールを地面へ向けて伸ばした。運用上、レールの長さに制限はない。無限とはいかないが、イヅナのイメージが及ぶ限りは伸ばすことが可能だった。つまり目に見える範囲で伸ばすぐらいは簡単なことだ。

そしてブレードに乗り、それを発射する。ブレードは見えないが実体のあるもので、その速度も自在に変えられる。移動手段としての利用も可能だった。イヅナは暇に飽かせて能力の運用方法についてあれこれと考えていたのだ。

とりあえず脱出したイヅナは、ここが異世界であることに気付いた。いくら子供のころに世間から隔離されたといっても、あまりにも常識からかけ離れた世界だったからだ。

建物は原始的な様式で、獣の特徴を有した人々が暮らし、記憶にない姿の動物が跋扈(ばっこ)しており、空にはドラゴンなどが飛んでいる。治安も悪く、ちょっと歩いていると剣や斧で武装したならず者が襲ってくるのだ。

そんな物騒極まりない世界だが、イヅナにとっては自由を謳歌できる世界だった。

最初こそは少しばかり苦労した。鎧やドラゴンの鱗といった頑丈な物を切り裂くことができなかったのだ。だが、それは成長と工夫でどうにかなっていった。

レールを複数出せるようになり、ブレードの形状変化といった成長によって、さらに応用力が増したのだ。同時に複数のブレードで斬り付ける。鋏(はさみ)のように両側から斬り付ける。微小サイズのブレードで、鎧の隙間や、眼球を切り裂く。

レールブレードは無敵の能力ではないが、これといった目立った弱点も存在していない。使い方次第でどんな強敵とでも戦うことができたのだ。

こうしてイヅナは異世界で無軌道に暮らしはじめた。

腹が減れば食料を奪い、住人を皆殺しにして寝床を確保し、気まぐれに村を襲うモンスターを倒して感謝されたりもする。

だが、イヅナは次第に飽きはじめた。自由になってしたかったことが本当にこんなことなのか。田舎くさい異世界で傍若無人に振る舞うだけでは満足できなくなったのだ。

そうなってから、イヅナは初めてこの世界や、自分がどのようにこの世界へやってきたのかを調べはじめた。調べるといってもイヅナに精緻な調査能力などはない。やったのはそこらにいる人々を脅し、喋らせることだけだ。

そんな雑な調査であっても、数をこなせばそれなりに情報は集まってくる。

この国で異世界勇者召喚が行われた。それは魔王を倒すためであり、魔王を倒せば元の世界に戻れる。そんなことがわかってきた。

ではとりあえず魔王を倒してみればいいし、それで駄目なら召喚した王家とやらを拷問してもいい。

そんな軽い気持ちでイヅナは魔王の居城へと向かった。

到着した時点で魔王とやらは死んでいたが、その上位者とやらがいたのでとりあえず攻撃したところ、そいつはあっさりと死んでしまった。

そして、光に包まれたイヅナは元いた部屋のベッドの上で横たわっていた。

全ては夢だったのかもしれない。だが、力が成長している実感だけはあった。

扉へ向けてレールを設定する。異世界で能力が強化され、レールを設定しただけで軌道上の物質を切り裂けるかが認識できるようになっていた。

扉はどうにか切り裂けるが、簡単にとはいかない。ここから外に出るまでにどれほどの障害物があるのか。手間取ればすぐに対策を施されてしまうだろう。脱走するつもりなら、全てを一気に切り裂いて速やかに逃げ出さなくてはいけないのだ。

目星は付いたので慌てる必要はない。異世界で暴れていたおかげで能力を伸ばすコツも摑めていた。密かに能力を鍛え、十分な力を得てから脱走を試みるのが正解だ。イヅナはそう判断した。

＊＊＊＊＊

「友達とカラオケに行ってくるが、どうせ暇だよな？」

知千佳の部屋にやってきた祖父が決め付けた。

「当たり前にそう思われてる!?」

「そりゃお前、女子高生ともあろうものが春休みの日中に部屋でゴロゴロしてたら、暇なんだろうと思うだろうが」

知千佳は寝転んで携帯ゲーム機をプレイしていた。暇なんだろうと言われると、言い返すことはできなかった。

「暇なのは事実として、どうしたの？」

ゲームのプレイをやめ、知千佳は身体を起こした。

「ああ。俺が出かけたら、知千佳一人になるからよ。一応声をかけとこうと思ってな」

「そうなの？　別に気にしないけど」

「一応気にしろよ。女子だろ」

壇ノ浦家は古い日本家屋だ。所々に手は入れられているが、セキュリティ面が心許ないのはどうしようもなかった。良からぬ輩が侵入しようと思えば、どうにでもできることだろう。

「ああ、うん。そうだね」

「道場破りが来たら対応しろよ」

「女子の心配は!?」

「いらんだろ」

「舌の根が乾かぬうちにってのは、このことだな！」

「まあ、それはいいとしてだ。最近道場破りが流行ってるらしくてよ」

「あれって流行るものなの!?」

「流行るっつーか、どっかの阿呆が片っ端から破って回ってるらしい」

「うちにもたまに来るけど、そんな道場破りの梯子みたいなのって今時珍しいよね」

基本的にそのあたりの荒事は祖父か兄が処理をする。知千佳はそんなのが来たらしいというぐらいしか知らなかった。

「口頭でいいから、怪我しても死んでも文句言わねぇって言わせてスマホで録画しといてくれ」

「何か書かせるんじゃなかった？」

「この手のヤツはアホだからな。ちまちま書類書かせようとしても無視して突っかかってくるんだよ。その点、適当に挑発すりゃぁ、言質(げんち)を取るのは簡単だ」

「そういうもんかぁ」

「わざわざ弓術を名乗ってる道場に来るとも思えねぇが、殺しちまったら庭の隅にでも転がしといてくれ。後のことはこっちでやるからよ」

「マジでこっちの心配はしないんだ」

「負けねぇだろ？」

「そうかなぁ。相手によるんじゃないの？」

「お前が負けるなら、俺たちだって怪しいもんだよ。そんときは壇ノ浦も終わりだな」

そう言い放ち、祖父は出ていった。

「いや……やっぱり壇ノ浦どうこうじゃなくて、私の心配してよ……」

なんだかんだ言いつつも祖父は知千佳に全幅の信頼を置いているようだった。

＊＊＊＊＊

廃病院を出た後、イヅナは街をぶらついていた。

いきなり無意味に暴れるようなことはしていない。無法地帯ならそれに応じた対応をするし、秩序がある場ならそれに合わせて行動する。さすがに場の雰囲気を理解するぐらいはイヅナにもできたのだ。

「やっぱこっちのほうが面白いよな。異世界とかクソつまんねーわ」

賑やかな繁華街を目の当たりにするのは、イヅナにとっては新鮮な体験だった。

「腹が減ってきたが……盗るってわけにもいかなそうだよなぁ」

欲しい物は奪い取ればいい。そう思っていたが、ここでそんなことをすればたちまち大騒ぎになるだろう。そして、警察官などがやってくる。それらに負ける気はしないが、ただ腹が減って飯を食うというだけのことで、そこまで面倒なことをする気にもなれなかった。

「現金もらっとけばよかったか？　まあ、それは奪って問題なさそうなヤツから盗ればいいか」

そこらの一般人から強奪しようとすれば騒ぎになるが、荒くれ者ならばそう問題にはならないだろう。そう考えたイヅナは、治安が悪そうな場所を探すことにした。

異世界で散々にならず者や賊と戦い続けてきたイヅナだ。そんなヤツらがいそうな場所はなんとなく雰囲気でわかる。大通りからは外れて裏路地へ。

すると見るからに柄の悪そうな男が歩いていた。

「なぁ？　持ってる現金全部くれよ」

「あぁ？」

ここで騒ぎになるのもまずそうだ。イヅナは、男を建物の隙間へと押し込んだ。レールブレードは斬るも斬らぬも自由自在。斬らずに物を動かすのも実に簡単なことだった。

「は？　あぁ？　あぁ!?」

すごめばいいのか、驚けばいいのか、地面に転がった男は混乱しているようだった。

「面倒くせーから騒ぎにしたくねーんだよ」

建物の隙間に入ったイヅナは、見えないブレードを男の首に押し当てた。うっすらと首の皮が切れ、血の筋ができた。何をされているのかはわからなくとも、命の危機であることは十分にわかるはずだ。

「何回も言わせんな。金」

「あ……あぁ」

男が財布を取り出した。何だかわからないが逆らえば死ぬ。それぐらいは理解できたのか、男は慎重に動いた。

「そこに置いたら行っていいぞ」

イヅナはレールブレードを消した。男は素直に財布を置くと慌てて逃げていった。

イヅナは財布の中身を確認した。

「そういや日本の金を直接見るのは初めてだったな。これか」

札を何枚か抜き取り、財布は捨てた。

世間知らずではあるが、異世界での経験があるので飯を食べるぐらいはできるだろう。隙間から出ようとしたところで、派手な音と共に男が降ってきた。

「あ？」

イヅナは上空を見上げた。ビルの二階の窓が割れているのでそこから落ちてきたのだろう。そこでは何やら音がしているので、騒ぎが起こっているようだ。

興味を持ったイヅナはその部屋を覗いてみることにした。建物への侵入も、レールブレードを使えば簡単なことだ。

窓から中に入ると、黒い道着を着た大男が大立ち回りをしているところだった。男が戦っている相手も道着を着た男であり、倒れているのも、次々に男に向かっていくのも道着を着た者だ。

どうやら武術道場らしい。

「はははははっ！　タイマンで負けたからといって全員で襲ってくるとはな！　どこもそうだから今さら意外とは思わんが！」

　大男が縦横無尽に動きながら、丸太のような手足を振り回している。その威力はたいしたもので喰らった者は軽々と吹き飛ばされているのだが、イヅナは妙なことに気付いた。

　大男の手足が当たっていないのに相手が吹き飛んでいることがあるのだ。

「ふむ。噂はあてにならんな。ここもたいしたことはなかった。次は……壇ノ浦流弓術？　弓術とはこれいかに？　まあ、片っ端から破っていくだけのことだが」

　一通り周囲の男たちを倒し終わり、大男はズボンのポケットから小さなメモを取り出して確認していた。

「なぁ。あんた、道場破りってやつか？」

「む！　まだ残っておったか！」

「違う違う。俺は窓から入ってきただけだって」

「ふむ。確かに道着は着ておらんし、何かやっておるという風ではないな。いかにも！　道場を破ってまわっておる！」

「さっきから気になってたんだけどさ。当たってないのに吹っ飛んでるの、なんで？」

　大男の目が鋭くなった。

「ほう？　見えていたのか。これぞ対魔空手花神（かしん）流の奥義、外神（とがみ）よ！」

「なぁ」

「さっきから訊いてばかりだな。多少は身が軽いのかもしれんが、貴様のような弱者に用はない！

俺の気が変わらんうちにうせるのだな！」

「そのメモ。強いヤツが書いてあるんだろ。俺にくれよ」

「気が変わった。叩き伏せてくれる！」

大男が怒気を露わにしてイヅナへと迫ってきた。

「じゃあさ。さっきの技で殴ってくれよ」

イヅナがそう言うと、大男はわずかに眉をひそめながらイヅナの顔面に向けて真っ直ぐに拳を突き出してきた。オーソドックスな正拳突きだ。だが、その拳がイヅナに届くことはなかった。

「む！　貴様！　何か使いよるな！」

イヅナはブレードを顔の前に設置していたのだ。そのまま殴っただけであれば、拳が切り裂かれていたことだろう。だが、妙な手応えがあった。拳の先に何かがあり、それをイヅナのブレードが止めたような形になっているのだ。

男が次々に技を繰り出す。

上段回し蹴り、猿臂（えんぴ）、鉤突き（かぎづき）、膝蹴り。そのことごとくをブレードが防ぐ。だが、技の先に見えない何かがあり、男の身体そのものを傷付けるには至らないのだ。

「おもしれーな！　そんなんできるヤツいんのかよ！　なぁ、それって習えば誰でもできんのか？　だったら教えてくれよ。師匠って呼んでやるからよ？」

「黙れ！」

またもやの右正拳突き。イヅナはブレードに乗って後退し、伸びた右腕を切り裂いた。あっさりと、男の腕が飛んでいった。

「ぐわぁあああ！」

男がしゃがみ込み、切れた腕をかばった。

「んだよ。何か出るのは攻撃の先にだけか」

イヅナは男の四肢を切断し、ズボンを探ってメモを取り出した。

「じゃあな。後は任せろよ、師匠。全部片付けといてやるからよ」

具体的に何をするとも決めていなかったイヅナだが、とりあえずの目標はできた。まず向かうのは、先ほども男が言っていた壇ノ浦流弓術の道場だった。

＊＊＊＊

ろくな設備のない壇ノ浦家だが、セキュリティはそれなりに機能していた。何かが敷地内で起これば家にいる者がそれを察知し、現場へと駆け付けるのだ。つまり、人力に頼り切ったセキュリティシステムだ。

部屋でゴロゴロとしていた知千佳は、何者かがやってきた気配に気付いた。普段は家族任せなのでそこまで警戒しているわけではないが、さすがに家に一人となると気配への感度が上がっていたのだ。

門から入ってくるその気配は家族でも知り合いでもないように思えた。

「え？　まさか本当に道場破り？」

嫌な予感を覚え、立ち上がる。慌ててジャージから、多少は見栄えのする普段着へと着替えた。

「お爺ちゃんがわざわざ言いにきたあたり、フラグだったんじゃないかって思えてくるよね！」

しかし、祖父の警告がなければもっと油断していたかもしれず、文句ではなく感謝の言葉を言うべきかもしれなかった。

「えーと、あの中二病っぽいやつ何だっけ」

知千佳は、本気を出せるようになる暗示を思い出そうとしていた。

常在戦場。言うは易く行うは難しというもので、武人の心構えとしては立派かもしれないが、常に全てを警戒しいつでも全力を発揮できるようにし続けるというのはおよそ不可能だ。

そこで、壇ノ浦家では暗示によって、戦闘モードと日常モードを切り分けている。もちろん、日常モードの状態でも普通に戦えはするが、戦闘モードではより好戦的になり、全力を出せるようになるのだ。

「三界（さんがい）の狂人（きょうじん）は狂（し）せることを知らず
四生（ししょう）の盲者（もうしゃ）は盲なることを識（さと）らず
生まれ生まれ生まれ生まれて生の始めに暗く、

死に死に死に死んで死の終わりに冥し」

空海が著した秘蔵宝鑰の一節ということらしい。なぜ暗示のキーワードにこの一説を選択したのかだが、なんとなくかっこいい気がしたから、以上の理由はないように知千佳は思っていた。

ちなみにこんなキーワードを仕込まれた覚えは知千佳にはなく、異世界に行った際にもこもこから初めて知らされた。知千佳の知らない秘密がまだまだ壇ノ浦家にはあるのかもしれなかった。

「てかなぁ。何か変わったようにも思えないんだよなぁ、これ」

ただ、思った以上の力が出て身体がついていけなくなるのでは逆に戦いづらくなってしまうので、普段と変わらないように思えるというのは悪いことではないのだろう。

部屋を出て、階段を下り、庭に出る。今さらのように犬が吠えていた。

「いや……私より先に気付いて吠えてくれないと番犬の意味が……」

しかも吠えているというよりは、珍しい客を見て喜んでいるといった様子だ。

犬の視線を追うと、その先には少年が立っていた。細身で不健康そうで、灰色のスウェットを着ている。値踏みはしない。雰囲気から強さを測ることにたいした意味はないからだ。

「何かご用ですか?」

「あぁ、道場破り」

「そのまんまだった!」

家を間違えただとか、そんな理由であってほしかった知千佳だった。

「じゃあ道場へ案内しますので」

「だよな。破るんだから道場に行かなきゃな」

庭から道場へと上がる。知千佳は靴を脱いだが、少年は土足で上がってきた。

「じゃあ、お名前と住所、電話番号をいただけますか？」

道場の中央で対峙し、知千佳はスマートフォンを取り出した。

「あぁ？　そんなのいんの？」

「動けなくなったら迎えにきてもらったりしないといけないじゃないですか」

「言うねぇ。名前はイヅナ。住所はねぇし、電話は持ってねぇ」

「何にもわかんないな！」

「負けねぇからどうでもいいんじゃね？」

「そうですか。じゃあ確認なんですが、これは交流試合であり、損害、損失、傷害、重傷、機能麻痺、最悪の場合は死亡に至る危険がありますが承知していただけますか？　えーと、治療費なんかはそっち持ちになりますし、何があっても壇ノ浦家の責任ではないということでいいですね？」

もう少しちゃんとした確認事項があったはずだがうろ覚えだったので、最後のほうは適当だ。

「いいけど何？　お前が戦うの？　お前倒すとボスとか出てくんの？」

「いいえ。今は家に私だけなので、私に勝てば壇ノ浦に勝ったということでいいですよ」

「で、いつ始めんの？」

「もう始まってるんじゃないですかね？」

どうにも緊張感がない少年だったが、それは知千佳も同じだった。

＊＊＊＊

イヅナは拍子抜けしていた。

先ほど戦った対魔空手花神流とやらがいかにも強そうな筋骨隆々の大男だったから、似たような者が出てくるかと思ったのだ。

だというのに、案内の少女がそのまま戦うという。

それほど強そうには見えないし、そもそも弓術だというのがよくわからない。特に何を持っているようにも見えないからだ。

「いいけどよ。弓術なんだろ？　弓持ってくるなら待っててもいいぜ？」

「ああ、ご心配なく。それは昔の話で今ではほぼ使ってないので」

「ふーん」

このまま能力を使っても、ただ何もわかっていない少女を切り刻むだけの話であり、勝負でもなんでもない。イヅナは少しばかりデモンストレーションをしてやろうと考えた。

「俺さ、こーゆーことができるわけなんだが」

道場の中を見回すと、壁際に人形があるのが見えた。ちょうどいいとばかりに、イヅナはレールを伸ばし、人形を切り裂いた。

「ぎゃぁーあああ！」

なぜか人形が叫び声をあげ、これには少しばかりイヅナも驚いた。まさかそんな仕掛けがあるとは思ってもいなかったのだ。

「あたるくんが！　何してくれてんの!?　結構な値段するのに！」

「これを前提にかかってこいよ？」

だが、やはり少女は何もわかっていないようだった。能力の恐ろしさも、それによって自らの身に何が起こるのかもまるで理解していない。

さっさと終わらせようとイヅナは思った。ここがつまらなかろうが、次に行けばいいだけのことだ。

イヅナは、ぼうっと立っている少女の首へと向けてレールを伸ばした。ブレードを飛ばして首を刎ねてそれで終わりだ。

だが少女は、ぬるりと横へ移動した。少女は、不可視のレールを避けたのだ。

「は？」

たまたま。偶然。なんとなく。そんな可能性もある。イヅナは再びレールを伸ばしたが、やはり少女は一歩動いてそれを避けた。

イヅナはしばし呆然となった。こんなことはこれまでになかったのだ。どうにか防御しようとした者も、ブレードを喰らってからギリギリで躱そうとした者も、謎の攻撃を避けようと闇雲に動いた者もいる。だが、レールを的確に避ける者はいなかった。

舐めた気分でいたイヅナの背に緊張が走った。

「馬鹿な！」

出し惜しんでいる場合ではないと瞬時にイヅナは判断した。

十三本。今レールを出せる最大の数。イヅナは一気にレールを展開した。逃れようがないように、幾本もを交差させ、レールの格子に閉じ込める。

だが、少女の姿は消えていた。

目の前にいないのなら、答えは一つ。半信半疑で後ろを見ると、やはり少女はそこに立っていた。

信じられなかった。どれほどの速さで動けば人が消えて見えるというのか。

そして、今まで気にしたこともなかったレールブレードの弱みが露呈した。レールを背後に展開できないのだ。まったくできないわけではないが、見えていない空間をイメージして的確に配置することは難しい。

背後から少女が近づいてくる。これも今気付いたことだが、レールを出し切ってしまうと一旦消して再配置するには多少の時間がかかるのだ。

イヅナは逃げた。レールを再設置し、ブレードに乗っての高速移動でその場を逃れたのだ。

「あ」

少女がいかにも残念という声をあげた。

振り向くと、少女の手刀が先ほどまでイヅナがいた位置を貫いているのが見えた。寒気がした。逃れていなければ、延髄を破壊されていただろう。手刀ごときにそんな威力があるのかはわからないが、少女の動きに躊躇いはまるでなかった。

一瞬、逃げようかとも思った。逃げるだけなら簡単だ。レールを空の彼方へでも伸ばし、延々と飛び続ければいい。だが、それをしてしまえばプライドはずたずたになるだろう。脱走して自由になってすることが、こんな少女を恐れて逃げることなのか。

駄目だ。好き放題に勝手をしたいのなら、ここで逃げるわけにはいかなかった。

レールを出し切るのはまずい。いくつかは予備に残しておく必要があるし、防御にも常に回しておきたい。

イヅナは自分の周囲にレールを展開した。背後であろうと、自分の周囲ならイメージは容易だ。五本を防御に回し、五本を少女へ向けて展開する。足元には移動用に二本。一本は不測の事態用に残しておく。

またもや、少女の姿が消えた。

イヅナは振り向いたが、そこに少女の姿はなかった。

――どこだ!?

混乱から立ち直る前に、イヅナの首が正面から掴まれていた。

少女は、どこへも行っておらず、正面にいたままだったのだろう。意味はさっぱりわからないが、少女はレールに触れないように隙間から手を伸ばしていた。やはりレールの位置は完全に把握されている。

その状態から、イヅナには何もできなかった。つまらなそうな少女の顔。意識が途絶える直前に見たそれが、イヅナの心を深く抉り取った。

＊＊＊＊

知千佳は異世界に行って以来、殺気を具体的に感じられるようになっていた。それは夜霧が感じているものと同様のものだろう。何度も夜霧に助けられているうちに、段々とわかるようになってきていたのだ。そのため、イヅナが何かをしようとしていることがわかった。何が起こるのかはわからないが、いてはまずい場所がわかるのだ。

けっきょく何をするつもりなのかはわからずじまいだったが、知千佳はなんなく勝利した。

ちなみに最後に消えたように見えたのは、体勢を低くしながら距離を詰めただけだった。知千佳は相手の意識を誘導し、敵の死角に入ることで姿を消すことができるのだ。

とりあえずは頸動脈を締め付けてイヅナを気絶させたが、どうしたものかと知千佳は考えていた。

さすがに殺す気にはなれないが、かといってこのままではそのうち目覚めてしまう。そして、よくわからない能力で切り裂こうとしてくるかもしれないのだ。

「うん。縛っとこう！」

知千佳は道場の倉庫からロープと麻袋を持ってきた。縛り付けて、顔には袋をかぶせておく。なんとなくだが視界を塞げば能力を使いづらいだろうと思ってのことだ。そして、道場から引きずっていき、庭の隅に放り出した。

「お爺ちゃん！　なんか道場破りっぽいのが来たんだけど！」

知千佳は祖父に電話をかけた。この状況は手に余るので、経験豊富な相手に任せたほうがいいだろうと判断したのだ。

『殺したか？』

「殺すかい！」

『なんだ。大手を振って殺せるチャンスなのによ』

本当にがっかりした声だった。

「早く帰ってきてよ。縛っといたからさ」

『あと一時間したら帰るわ。時間もったいねーし』

「カラオケ優先すんなよ！」

電話が切れた。

「うーん……意識が回復したら面倒なんだけど……そうだ！」

知千佳は道場へと戻り、隅に設置してある神棚の前で手を合わせて拝んだ。

「もこもこさん。道場破りってどうしたらいいの？」

苦しいときの神頼みならぬもこもこ頼み。何か困ったとき、もこもこに連絡を取りたいときは神棚を使うことになっていたのだ。

「ちゃんと聞いてんのかなぁ……」

すると電話がかかってきた。

『はろー！　知千佳！』

キャロルだった。

「どうしたの？」

『高遠くん経由で連絡がありまして！　そちらにおかしなヤツが行ったようですね？』

「うん、そうだけど」

『それ、こっち関係かもしれないんですよ』

キャロルは、異能を持つ者たちが脱走してこの街に来ているということを、かいつまんで話した。

「そっち関係ってことはあたるくん、弁償してもらえる？」

「あたるくん？」

あたるくん。サラリーマンを模した投擲練習用ターゲットだ。まるで生きているかのような見た目で、瞬きもすれば呼吸もする。攻撃を喰らったときには悲鳴をあげる機能まで付いていた。これらの無駄な機能のおかげで、開発と制作には結構な金額がかかっているのだ。

『うーん。ご迷惑をおかけしたのならこちらのせいでもありますしね。弁償については検討いたします。その少年はこちらで引き取りますが、よろしいですか？』

「いいよ。正直迷惑だから助かる」

『任せてください。ところでどんな状態なんですか？　あんまりグロいのは見たくないのデスガ！』

「グロイって。落としただけだから無傷だけど」

『おー！　道場破りは伊達にして返すのではないのですか？』

「いつの時代だよ……」

しばらくして、キャロルとその仲間らしい者たちがやってきて、イヅナを回収していった。

出てきてキャロルに連絡しろと言うだけで済む話だろう。

「しかし、もこもこさんも回りくどいなぁ……」

今後はよほどのことがなければ手助けはしない。もこもこは、そう宣言したことを律儀に守っているようだった。

異世界ハーレム計画

花川はギフトとしてモンクのジョブを得ていて、アイテムや資産を十分に保有していて、現代知識もそれなりには持っていて、切り札としてキズナカウンターを持っている。これだけあれば、普通なら十分にチートであろうし、異世界で好き勝手に暮らせるはずだった。

だが、それでは駄目なのだ。調子に乗ったりすればすぐに足をすくわれる。花川はこれまでの経験からそれを思い知っていた。

まずは謙虚に。

好意を向けられたように思えてもがっついてはいけない。往々にしてそれはただの勘違いである可能性が高いからだ。

楽勝で倒せる敵がいるからといって増長してはいけない。上には上がいくらでもいる。花川ごときを指先一つで倒せるような化物がゴロゴロといるはずなのだ。

下手に目立ってはいけない。またやっちゃいました？　などと言っている場合ではないのだ。出る杭は打たれるに決まっているのだし、そんな鼻に付く輩はいずれ闇討ちされるに決まっている。

嫌われるようなこともしてはいけない。そこそこ強いといっても無敵ではないのだ。数で攻められては分が悪いし、寝込みを襲われる、毒を盛られるなどすればあっさり死んでしまうだろう。背伸びせず慎重に行動し、無理のない範囲で好感度を上げるのだ。花川は、もう失敗したくなかった。ただちょっともてたり、ちやほやされたいだけなのだ。ハーレムも三人程度でいい。多過ぎても仲を取り持つのが困難だろうし、修羅場になどなられてはたまらない。

理想としては、花川から積極的にいくのではなく、女の子側からの積極的アプローチに仕方なく折れたという形がいいだろう。それならば彼女が複数人になろうと花川のせいではないということになる。どうしても彼女になりたい女の子を渋々受け入れているうちに増えてしまったということにしてしまえばいいのだ。

いろいろと考えた結果、田舎町へと引っ込んだほうがいいだろうということになった。都会は人が多く何かと便利ではあるが、便利であるが故に他のチート能力者がやってくるかもしれない。そうなると花川が活躍できる余地などほとんどないだろう。

ただ田舎過ぎても不便なので、そこはさじ加減が難しいところだった。

「うーん。理想としては田舎村をほどほどに発展させる。ということでござるか？　それでしたら拙者も感謝されてもてもて……いや、そこで調子に乗ってしまうから駄目なんでござるよ！　感謝されても当然のことをしたまでという態度を貫くべきなのでござる。ほどよい感じのへたれ主人公。鈍感ムーブを添えて。これでござるよ！」

花川は、田舎へと向かいながら考えていた。田舎といってもいろいろとあるだろうが、この世界では一部の特殊な発展を遂げている都会以外はほぼ全て田舎と言ってもいいだろう。つまりどこであろうとよくて、適当に街を渡り歩きながら、居心地の良さそうな場所を捜そうとしているのだった。

「冒険者的なことをやってもそこそこには活躍できそうではござるが。そういえば地下の魔界はどうなったのですかな？　確か高遠殿が殺した相手はやり直しても復活しないということでしたから、なくなっているのでござろうか？」

王都地下に封じられていたマナの封印を解いて復活させたのは花川で、それをあっさりと夜霧が倒したのだ。地下の魔界はマナを封じるためのものなので、マナがいないのなら魔界も不要なはずだ。だが、何かの存在がなくなっても、関連する全てがなくなるというわけではないようだった。

「まあ、魔界があったとしても、戦いを生業とするつもりは皆目ないのでござるよ。そんなもの、よほど戦闘力に自信があったところで、ちょっとしたことで負けてしまって全てを失ってしまうのでござる。拙者がギフトを活かすのなら戦闘方面ではなくて、ヒーラー方面でござるな。これならどこででも重宝されるはずでござるから！」

この世界にはモンスターがいて魔法もあるが、回復魔法の使い手は極めて少なかった。つまり、怪我をしたなら原始的な医療に頼るしかない。効果もあやふやな謎の薬草やら蛙の脂やら蜥蜴の黒焼きといった、逆に身体に悪そうな代物を服用せざるをえないのだ。

そんな世界なので、どんな大怪我でも確実に治せる花川のようなヒーラーはどうにでも活躍できるはずだった。これだけの能力を持っていてもてないのがおかしいぐらいだ。

「たとえば両親が大怪我をしている美少女などがいれば、それはもう簡単に思うがまま……いかん！　いかんでござるよ！　それをやろうとするから駄目なのでござる！　そんなのは無料で治療して感謝を求めずジェントルマンを貫いたほうが信頼度と好感度がアップ！　向こうからほいほいやってくるようになるのでござる！　と、そろそろ村が見えてくるころかと思うのでござるが……」

花川は街道を真っ直ぐ歩いていた。地図通りなら集落があるはずだ。

「あったでござるが……何やら不穏な気配を感じるのでござるが？」

確かに道の先には集落があった。そしてそこからは戦いの気配がしていた。剣戟の音が、血腥(ちなまぐさ)い臭いが、花川の位置にまで届いているのだ。

花川は気配を抑え、そっと集落に近づいた。雌雄はすでに決しかけているようで、集落は全滅寸前だった。襲撃しているのは頭部に角の生えた人間、すなわち魔族だ。

あたりには村人らしき者たちが何人も倒れている。村を守るために戦っていたのは騎士たちのようだが、それも全滅しかけていた。武装していない三人の魔族に、十人以上の騎士団がやられかけているのだ。

「くっ！」

最後の騎士が剣を弾き飛ばされ、尻餅をついた。絶体絶命という状況らしい。

「どうやら女騎士！　これは助けねば……と思いましたが、あれイマン王国の騎士でござるよね？」

花川はイマン王国に対しては苦い記憶があった。初めて異世界にやってきたとき、手ひどい扱いを受けたのだ。

「ということはこのあたりはイマン王国？　だとしたらイマン王国の奴らを助けてやる義理なんてまるでないのでござるが！」

イマン王国に立ち寄るつもりはなかったのだが、異世界の稚拙な地図など実にいい加減なものなのかもしれなかった。

「ないのでござるが……そんなんだからもてないのだと言われればそのとおりなわけで……まあ拙者も大人になったでござるよ」

イマン王国での出来事はかなり昔のことだ。恨んでいないとは言わないが、今さらどうでもいいとも思える。

「あぁ……こほん！」

花川はわざとらしい咳払いをしながら魔族たちの前へと歩いていった。

「ここは拙者の顔に免じてドローということにはならんでござるかね？」

「なんでどこの誰ともわかんねーお前に免じる必要があるんだよ？」

「それはそうなんでござるが」

「死ねよ」

魔族の一人が無造作に貫手を繰り出した。貫手が花川の喉元に突き刺さる。だが、その爪先は、花川の皮膚を破るには至らなかった。

「穏便に済まそうとしたでござるのに。先に手を出したのはそっちでござるからね？」

花川は掌を魔族に向け、気弾を放った。モンクの基本スキルで、溜めた気を放つ単純な技だ。

放たれた気は、あっさりと魔族の頭部を消し飛ばした。

花川に余裕があったのには理由がある。それは実に単純なことで、レベルに差があり過ぎたのだ。

花川は魔族たちのステータスを鑑定していて、楽勝と判断していた。そもそもイマン王国近辺にいた魔王は死んでおり、魔族国家は瓦解していた。逃げ延びた魔族たちがたいしたことがないことを花川は十分に理解していたのだ。

「引いてくれたならよかったのでござるが、今さら見逃したりはしないでござるよ？」

残り二人の魔族の頭部が一気に消し飛んだ。撃ち出した気は少しの間なら操ることもできる。先ほどの気弾を再利用したまでのことだった。

「と、ここで調子に乗っては駄目なんでござるよ。これはただのレベル差でござるからして。では、その。お気の毒ではござるが、拙者はこれにて失礼するでござる」

「待ってください！」

花川がそそくさと立ち去ろうとしたところ、背に声がかけられた。

「何でござろうか？　お礼でしたら無用でござるよ。いえ、余計な真似をしたということでしたら申し訳ないでござるが」

「助かりました。ありがとうございます……勇者様！」

「へ？　いや、人違いではないでござるか？」

「その特徴的なふくよかなお姿を忘れるわけがありません！」

「何か失礼なことを言われてるでござるか？」

だが、言われてみれば、花川のことを覚えている者がいても不思議ではなかった。一応は魔王を倒した功労者ということになっているはずだ。

「本当に礼は無用でござるので、これで失礼を……」

「だから、待ってください！」

抱き付かれた。鎧ごしなので特に感触があるわけではないのだが、花川も美女にしがみつかれて悪い気はしなかった。

「助けてください！　勇者様！　私一人ではもう任務の遂行などとても不可能なのです！」

「いや、そう言われても拙者も急いで……は別にいないのでござるが」

「勇者様！」

潤んだ目で見つめられ、花川はたじろいだ。

「勇者様！　どうかお願いいたします！　魔族の残党どもから民を守ってはいただけないでしょうか！」

「いや、その、拙者、田舎に引きこもって悠々自適のハーレムスローライフを送る予定で……」

「ハーレムですか！　私でよければ閨を共にさせていただきます！　私が気に入らなければ、どうにでも用意いたしますので！」

「……その……」

「勇者様！　伏してお願い申しあげます！」

　この世界に土下座があるのかはわからないが、地に額をこすり付けるその姿は花川が得意としているスタイルに見えた。

　調子に乗ってはいけない。そう思っていたところにこれだ。ここで都合のいい話にほいほい飛び付いてしまっては駄目だと心のどこかで警鐘が鳴っている。

　だが、とても気持ちいい。

　勇者と呼ばれ、尊敬の眼差しで見つめられ、頼られる。花川は天にも昇るような心地よさを感じていたのだった。

＊＊＊＊

けっきょく、女騎士の頼みを聞き入れ、魔族の残党を狩ることになった。

村落を回り、近隣の魔族どもを始末していく。しょせんは残党ということか、取るに足らない相手だった。

目をつぶっていても勝てるとはまさにこのことで、実際にそうしていたとしても苦戦しようがないほどに魔族の残党どもは弱かった。

だからといって花川は油断をしなかったし、調子に乗りもしなかった。ここで偉そうにしていては嫌われてしまう。戦力と人格は別の話であり、人格を嫌われていたとしても、彼女たちは戦力として利用するためにいくらでもへりくだるだろう。それは花川の望むところではないのだ。

それにあまりにも強過ぎるのは考えものだった。強過ぎれば恐れられる。その力の矛先がいつか自分へ向くかもしれないと思わせてしまってはまずいのだ。だから、やり過ぎない。全力で戦えば一瞬だとしても、それなりに手加減して戦う。一緒に戦う騎士たちのサポートなどをしながら、全員での勝利を演出する。

勇者の評判を聞き付けてか、仲間も増えていった。どういうわけか見目麗しい美女たちも勝手に集まってきている。今のところは尊敬されているし、好意を持たれてはいるようだ。

しかし、ここで下手に手を出してしまえば、おかしな噂が広まってしまうかもしれない。最初に決めたように、ここは紳士として振る舞わねばならないだろう。

当初想定していた道行きとは異なってしまったが、今のところはなんだかんだとうまくいってしまっていた。

魔族を倒し村々の平和を取り戻す。花川は、次第にこれはこれでいいような気がしてきていた。ヒーラーではなく戦士としての活躍が大きいが、特に苦労はないのでどちらでも大差はないように思えたのだ。

そして、転機が訪れた。

一通り魔族の残党を始末し終えたため、イマン王国王都へ帰還するという話になったのだ。

花川を散々に利用した王族どものいる場所へ。花川をデブだ豚だと罵った民のいる場所へ。

だが、今の花川は自信に満ちている。花川を縛る呪いもないし、有象無象の民などどうでもいいぐらいに信頼してくれる仲間たちもいる。

今なら、花川を下僕として扱おうとした王族とでも対等に渡り合えるだろうという気がしていた。一番初めにした、金も地位も女も望むがままだという約束を守らせることもできるだろう。

これが異世界においてのゴールでもいいのではないか。

「あー。悩みどころでござるよ！　拙者、今のところは清廉潔白の勇者様という評判で通ってるでござる！　この路線でちやほやされるのも悪くはないのですよ。ですが、やっぱり！　がっちりとハーレムを作りたいという欲望も捨て切れんのでござる！　何か！　今ならハーレムでも全然余裕でOKという感じもあるのでござるよ！　勇者様ならハーレムぐらいあっても当然でしょ？　みたいな空気になってきてる気がするでござる！」

花川は王都に一番近い街にある宿屋の一室で煩悶していた。ベッド上でゴロゴロと転がりながら、考えを巡らせているのだ。

今のところはうまくいっている。だが、このますんなり事が運ぶとも思えなかった。

「お悩みのところ悪いんだけど、ちょっと話をしていいかな？」

「何者でござるか！」

ベッドでゴロゴロとしていた花川は飛び起きた。

部屋の中に見覚えのある少年が立っていた。

降龍(こうりゅう)。いろいろとあったあげく、この世界の神となった少年だ。

「あ、これはどうも。お久しぶりでござるな。して、話とは？」

「悪いニュースなんだけど」

「それはいいニュースとセットではなくて？」

「うん。悪い話しかないんだよ。申し訳ないことに」

「神様の悪い話って最悪な気がするのでござるが」

「僕は神の座を取り戻してこの世界の管理者となったわけだ。これから世界を運営していくにあたって現状の問題点を整理していたわけなんだけど、やっぱり賢者たちの影響が残っているのはまずいと思えてきたんだよね」

「ほほう？」

「というわけでギフトは全部なくしてしまおうと思ってるんだよ」

「はい？」

「やっぱりね。歪過(いびつ)ぎるんだよ。パワーバランスが無茶苦茶になってるんだ。これではまともな世界とはとても言えないからね」

「ちょっと待ってくださらんか！　ということはですよ？　拙者のモンクの力だとかもなくなるということでござるか！」

「うん。花川だけじゃなくて、全員だけどね」

「いや、そうなるとモンスターとか強過ぎるということになるのでは？」

「もちろん、そっちにも手を加えるよ。一方的にならないようにね」

「……ええぇぇえええええ！　そんなのありでござるかぁあ！」

　ギフトがなくなれば戦えないし、怪我をしても治せない。ちやほやされることもなくなるし、この小太りの身体だけで異世界を生きていくしかなくなるのだ。

「ごめんね。もう決めちゃったんだよ。でも、そうなるとこの世界に残るって言った君に申し訳ないと思ったからさ」

「え？　もしかして拙者だけチート能力を残していただけるとかですかな！」

　花川は食い気味に言った。そうであって欲しかった。

「いや、例外を設けるつもりはないけど」

「だったら何が申し訳ないというのでござるか！」

「花川がこの世界に残るって言ったのは、ギフトを持っていたからだろう？　後から帰還できないとは言ったけど、その前提が崩れたのならフェアじゃないと思ってね」

「まさか」

「うん。帰りたいなら帰ってもいいよ？」

「今さらでござるか⁉」

「チートなし異世界なんてつまらないだろ？」

あらかた魔族は倒してしまっているし、その功績で以降もちやほやされるかもしれない。だが、やはりただの高校生では何かあったときに対応できないだろう。

楽観を排して考えるのなら、答えは一つしかなかった。

＊＊＊＊

道場破り事件のすぐ後。

キャロルの手配で壇ノ浦家から謎の少年が連れていかれ、それと入れ違うように夜霧がやってきた。

「大丈夫だった？　何か来たんでしょ？」

「おおよそ大丈夫だけど、あたるくんが壊れた」

門まで迎えに出た知千佳は不満そうに言った。

「ねぇ。犬はどこ？」

「来てくれたのはいいんだけど、もうちょっと私の心配をしてもいいんじゃない？　その、友達なんだし」

「心配はしてたけど、どう見ても元気そうだし」

取り繕っている様子はないし、夜霧は適当にごまかすようなことは言わない。なので本当に心配していたし、姿を見て安心したのだろう。

「そうなんだけどね。犬はこっち」

知千佳は夜霧を庭へと案内した。ここで壇ノ浦家の犬たちは自由に暮らしているのだ。

「なでてもいい？」

「うん。人なつっこいから大丈夫だよ。道場破りが来てもへらへらしてたぐらいだし」

さっそく夜霧が犬を構いだした。犬たちもうれしそうにしている。

「そういえばさ、花川が帰ってきたらしいよ」

犬と遊んでいた夜霧が、どうでもいいことを思い出したかのように言った。

「ふーん。そうなんだ……え？　あれから結構時間経ってるよね？　もしかして中年のおっさんになって帰ってきたとか!?」

「姿は変わってないらしいよ。俺たちが帰ってきた雪山で発見されたんだって。行方不明の高校生、奇跡の生還って話題になってる」

「なるほど？　雪山でサバイバルしてたことに？」

「客観的にはそうなるよね。向こうとの時間の関係も一定じゃないのかもしれないな」

知千佳たちも行方不明ではあったが数時間程度の話だ。異世界で長時間過ごしても、こちらではさほど時間が経っていなかったのだが、異世界の時間の流れ方はどうにも曖昧なようだった。

「まあ……良かったね？　って感想しか……」

今までいなくても何も気にしていなかったのだ。今さら帰ってきたところで知千佳にとってはどうでもいい話だった。

氏族

「協力感謝ですよ、諒子！　おかげさまで脱走者はどうにかなりました！」

いろいろとあった翌日。諒子がカフェで新作のクリームブリュレとダブルベリーソースのふわふわ幸せパンケーキを堪能していると、キャロルがやってきた。

「協力と言われましてもけっきょくいいようにやられただけかと思うのですが。あと、当然のように相席にならないでもらえますか」

「私と諒子の仲じゃないですか。あ、なんだったらここは奢りますよ？」

「先払いであることとわかって言ってますよね？」

諒子は、言うだけ無駄だろうとは思っているが、それでも何か言ってやりたかった。

「諒子はいいようにやられたと言いますけど、あそこで足止めしていなければ被害が……いえ？　けっきょくあそこには高遠くんがいたのですから、そっちとぶつかってただけ……」

「馬鹿にしにきたんですか？」

「いえいえ、マジ感謝ですよ！」

「あそこにいたのは蝙蝠の獣人なんですよね？　あと二人はどうなったんですか？」

「イヅナくんは、壇ノ浦さんちで倒れていたところを捕獲できました！」

「なぜそんなことに？　けっきょく、彼は何がしたかったんですか？」

幼少期から閉じ込められていて、自由になって、なぜクラスメイトの家で倒れているのかがまるでわからなかった。

「道場破りをしたかったらしいんですよね。で、あえなく壇ノ浦さんにノックアウトされてしまったわけなのですよ」

「何でも切り裂く能力者という話でしたよね？」

「あたるくんが真っ二つになりましたが、被害はそれぐらいとのことでした」

大惨事ではないかとひやりとしたが、あたるくんは人形とのことだった。

「壇ノ浦流弓術、恐るべしですよ。私ではどうやっても異能者と素手で戦うなどできませーん」

「では、悪霊とやらはどうなったのですか？」

「そちらは私どもでは中々把握がしづらいのですよ。もちろん、以前に捕獲したわけですから、霊体といえども感知する方法はあるのですが」

「うむ。我が倒したのがその悪霊だったらしいな」

もう一人、いつの間にか諒子のテーブルに女の子が増えていた。

「え？　もこもこさん、でしたよね？」

外見は幼い少女だが、これは知千佳の背後霊が操っているロボットだ。異世界で動かしていたのは知っていたが、こちらに帰ってきてからも操作しているとは思ってもいなかった。

「うむ。槐からロボをレンタルしているのだ。今は三体同時運用の練習中だな」

元々どこかの組織が作ったロボットらしいが、今では槐に所有権があるらしい。それをもこもこが借りているとのことだった。

街の中をうろうろさせていたところ、カフェの中にキャロルたちを見かけたのでちょっかいを出しにきたらしい。

「おぉ！　三体もあるのですか？」

「なんだか……都市伝説みたいになるのでは……」

さっき見かけた少女を別のありえない場所で見かける。それはちょっとした恐怖だろう。

「で、悪霊はもこもこさんが退治したのですか？」

「おう。どういうわけか我を狙ってきよったからな。返り討ちにしてやったわ！」

「ということは、脱走者については全て片付いたわけですね」

「そのようです。ところで！　後でするると言っていた説明をしてもらいたいのですが！」

「説明？」

「式神とかですよ！　何なんですか！　あれは！」

「キャロルはご存じなんじゃないんですか？　忍術ですよ」

「りありぃ？」

「もう見せてしまっているのに嘘をついてどうするんですか」

「いや、その、忍術なら忍術でいいのですが、なんだかやけにサイバーニンジャじゃありませんでしたか？」

キャロルは『機関』の仕事で様々な異能に関わっているはずだ。今さら式神ごときに驚くのはおかしいと諒子は思っていたのだが、どうやら忍者としてのあり方に疑問を覚えているようだった。

「キャロル。周りをよく見てください。着物を着た人も、ちょんまげの人もいませんよ。いつまでも手裏剣を投げて、マキビシを撒いてるわけにはいかないのですよ。お札はタブレットになりますし、刀は電磁加速するようになるのです」

「それは……そうかもですが……忍者のイメージが……」

キャロルが落胆していた。

「ふむ。話はなんとなくわかったが、キャロルよ。お主はもう日本には忍者がいなくなったかと思ったのだな？　そう落ち込むものではない。合理だけを追求するのなら刀など使う必要はないのだから、その点では旧来の名残があるともいえよう。形は変えつつも生き残っておるのだ」

「そうですね。実際、旧来の形をある程度残しているのには意味があるのですよ」

「それは何なのですか？」

「たとえば古い妖怪などには銃器が通用しないことがあります。彼らは銃が何なのかをよくわかっていないので、自分がやられたとイメージすることができないのですね。ですので形だけでも、彼らが理解できる武器である必要があるわけです」

「……妖怪……おー！　やっぱり諒子は対魔忍だったのではないですか！」

「違いますって！」

「これは何の集まりなんだ？」

キャロルと言い合っていると諒子の背後から声が聞こえてきた。振り向くと、鳳春人が立っていた。

「ああ、そうでした。話がしたいというから呼んだのでした！」

キャロルが思い出したかのように言った。

「あの。私が一人でスイーツを楽しんでいる場に、勝手に来たり、呼んだりしないでもらえますか？」

「どういうことなんだ？　それにそちらは皇家の……」

春人は少々混乱しているようだった。

「ああ、我は異世界で会ったときと同様にロボなので気遣う必要はまるでないぞ！」

「どういうことなんだ？」

春人はますます混乱しているようだった。

＊＊＊＊＊

キャロル以外に用はないのだが、キャロルはこの場を離れるつもりはないらしい。仕方なく春人は席に着いた。

「で、何やら聞きたいことがあるのですよね？」

キャロルが話を向けてきた。

「だから君に連絡を取ったんだけど……この場で話せと言わんばかりだね」

「あら？　よほど話しづらいことですか？」

「そうでもないけど、わざわざ無関係の者に聞かせるような話じゃないと思ってね。わかったよ」

この顔ぶれなら聞かれて困る話でもない。春人はここで聞くことにした。

「獣人の支配者。その後継者争いがあったと聞いたけど、それは具体的にどんな状況だったんだ？」

よく考えてみると、以前聞いた話だけではその経緯がよくわからなかったのだ。後継者を決める代表的な方法は遺言だろう。これまでは争いなどなく皇家が継承していたはずなのに、今回はなぜ争っているのか。そのあたりに疑問を覚えたのだ。

「なぜそれを部外者の私に訊くのですか？　家族の方に訊けばよいのでは？」

「家族とは少々折り合いが悪くてね。できればそれは最後の手段にしたい」

「なるほどなるほど。ですが、私も獣人関連は専門外……ではあるのですが、蝙蝠の獣人の件で一通り調べましたのでそのあたりの事情は合点承知の助でーす！」

「その回りくどいのは何なんだ」

「会話の潤滑油というやつですね！　用件だけを端的に。そんなのは実に味気ないと思いませんか？」

「わかったよ。好きなペースでやってくれ」

「そんなに複雑な話でもないのですけどね。まず、各氏族、それぞれが印と呼ばれる物を持っています。鳳くんは鳥の氏族ということでしたよね。印は見たことがありますか？」

「勾玉のことかな？　本家での集会のときに持ち出してきて祈りを捧げているんだけど」

勾玉。曲がった玉が語源であるとされているように、Cの字の形になっているものだ。鳳本家で見たことがあるが、妙に金属的な光沢を放っていたことが印象に残っている。

「私も実物を見たわけではないのですが、おそらくそれなんでしょう。ここから先はちょっとうさんくさい話なんですが、それには何らかのエネルギーが溜まっているようでして、そのエネルギーが一番多い印を持っているのが、獣人の支配者。ということらしいのですよ」

「そのエネルギーとやらは移すことができる？」

「そうなんでしょうね。これはですね、皇の頭首が生きている間に一族の者に継がせるのは簡単なんですね」

「なるほど。獣人は皇には逆らえなかった。印を差し出せと言えばそれだけでよかったのか」

「で、印を持った頭首が死んで帰ってこなかったわけですが、そうなると残った氏族で次の頭首を決めるしかない、となるわけですね」

「印の奪い合いが起こったと」

「正確には奪うのはエネルギーだけなんでしょうね。空っぽの印を返して、また溜めといてね！ってことなんでしょう」

「なるほど……状況は理解できた」

その溜めたエネルギーでもって、獣神から支配の力を授かるといった流れなのだろう。だが、獣神はすでに死んでいたため、勢力争いに勝った小西家がエネルギーを集めても、支配の力は得られなかったのだ。

「私が知ってるのはそれぐらいですよ？　あとは、その影響で裏社会に混乱があるぐらいでしょうか。これからどうなるのかは予断を許さないといったところですね！」

「その裏社会のゴタゴタやらで槐が零落しておったのか」

幼い槐を模したロボットが頷いていた。

「そういえば、君はけっきょく何者なんだ？」

異世界で槐本人ではないというのは聞いていたが、正体はわからずじまいだった。

「我は壇ノ浦もこもこ。壇ノ浦家の守護霊だ。電磁波を操って現世に干渉できるのでな。ロボットだとかを操ったりもできるわけだ」

「それは……恐ろしいな」

「おうおう！　まともに恐ろしがってくれる奴がおってうれしいぞ！　この力がどれほどのものかピンときとらん奴が多いのでなぁ」

その気になれば、世界を滅ぼせる力だろう。逃げ出した獣人などという局地的な脅威よりも、まずはこちらに対応しなければならないのではないかと思うぐらいだ。

——何なんだ、この街は。おかしな奴らがゴロゴロと。

この場にいるぐらいだ。二宮諒子も何かしら裏の世界に関わりがあるのだろう。

「心配せんでも我は壇ノ浦家を守るだけの存在だ」

「でも、無駄にロボットで遊んでるじゃないですか」

諒子が苦言を呈した。

「暇潰しであることは否定できんな。なんというのかな、異世界に行って以来なのだが意識が活性化しておるのだよな」

「ほほう？　以前はそうではなかったのですか？」

キャロルは興味津々といった様子だ。

「うむ。いろいろとやってはおったがぼちぼちといったところだ。今ほど活動的ではなかったな」

「ということは、暇潰しでも何でもやっておいてもらったほうがよさそうですね。余計なイタズラをされても困りますし？」

諒子が納得していた。どうやら、長いものに巻かれるタイプのようだ。

「イ、イタズラなんぞせんが？」

いかにも何かやっていましたと言わんばかりの態度だが、そんな心の機微まで表せるぐらいにロボットを操れるのは驚異的だった。

「さて。鳳くんの聞きたいことには答えられた感じですかね？　ここから先はただの興味本位なのですが、獣人のあれこれを知ってどうするのか訊いても？」

「獣人の統制が取れていないのは問題だろうと思ってね。どうにかする術はないものかと考えていたんだよ」

「鳳くんは獣人でも下っ端のほうなのに、そんな大それたことを考えていたのですか？」

「おそらく統制が取れていない獣人はそれぞれがバラバラに動きだすはずだ。そうなると表側にも影響があるかもしれない。そうなると僕個人にも影響があるかもしれないだろ？」

これまでは皇家が全ての獣人を牛耳っていた。表だっては活動せず、あくまでも裏の世界からその権力を行使していたのだ。だが、その軛（くびき）が外れたのならどうなるか。考え過ぎかもしれないが、獣人たちが無茶なことをやらかして表沙汰になる可能性を否定できなかった。

「考え過ぎではないですかね？　いくら統率が取れてないからって、無闇な行動で立場を悪くするようなことはしないのでは？」

「だといいんだけどね。獣人って基本、そんなに頭がよくないいんだよ」

しょせんは獣とまで言い切ってしまうと語弊があるかもしれないが、ただの人よりは本能に忠実である傾向はあった。理性よりも感情を優先し、衝動的な行動に出てしまうかもしれないのだ。

「ふむ。それが関係あるのかわからんが、何やら仕掛けられたようだぞ？」

「何だって？」

いつの間にか妙に静かになっていた。周りを見れば、店内には春人たち以外の姿がなくなっている。

「人払い系の術!?」

諒子が慌てて立ち上がった。続けて春人たちも席を立った。

「おー！　忍術ですか!?」

「忍術の人払いは、素行の悪い客を演じて、嫌な雰囲気にして他の客を追い出すなどですが」

「あんがい泥臭いですね！」

「とにかくここを出ましょう！」

「一足遅かったようだな。これは言い訳なのだが、さすがに遠隔操縦では周囲の様子をつぶさには感じとれんのだ」

もこもこが外を見ながら悔しそうに言った。

春人もカフェのウインドウから外を見た。まだ日中だというのに空は夕焼けのように赤く染まっていて、建物は影絵のように存在感がなかった。

「狭間……ですね」

諒子が緊張の面持ちで告げた。

「ほほう。我は遠隔操縦をしている状態なんだが、通信はそのままだな。狭間とはこのようなものか」

「私は初めてなのですが、もこもこさんもですか？　幽霊の人は狭間にいるのかと思っていました！」

「我が普段いるのはお主らと同じ世界というか空間だ。ここは位相のずれた別空間のように思えるな」

「君ら、ずいぶんと落ち着いてるな！」

明らかな異常事態に春人は冷静ではいられなかった。

「確かに安閑としてはいられません。意図しない狭間落ちは、脱出方法が不明な場合が多いですので」

「何やら来おったぞ？　あやつらが仕掛けてきたと考えるのが妥当なところか」

自動ドアが開き、二人の少女が入ってきた。

「面倒くさいなー。人払いだけでよかったんじゃないのー？」

「いやー、騒ぎになったら面倒っしょ」

「鶏の奴でしょ？　騒ぎになるほどとは思えんけど？」

一目で獣人だとわかった。なぜなら、頭部に猫耳が生えているからだ。おそらくは小西家に関わりのある者たちだろう。見た目はそっくりな二人だが、白髪と黒髪ではっきりと区別はできた。

「猫耳！　語尾にニャーとか付けないのですか!?」

どうでもいいことにキャロルが憤慨していた。

「付けねーし。って、何か無関係の奴らもいるっぽくね？」

「ほらな！　これでよかったじゃん。ここなら殺しても問題ねーし」

「そうかぁ？　わざわざ巻き込まなかったら関係ねーの殺す必要もなかったじゃん」

「あれ？　あいつって皇の奴じゃねーの？　殺していいのか？」

「面倒くせー！　全員殺す！　これでいいんだな！」

「ＯＫ！　余計なことは考えんな！」

少女たちの獣化が進む。腕に獣毛が生え、掌には肉球が出現し、爪が伸びたのだ。獣毛により二人が白猫と黒猫であることがはっきりとわかった。

「ちょっと待ってくれ。何やら思惑があるようだけど、僕が目的なら話し合いでどうにかならないか？」

そう言いつつも、春人が目当てである理由に心当たりはなかった。

「あぁ？　何？　自殺でもすんの？　却下な。猫対鶏だよ？　ぼろっぼろになるまで弄ぶに決まってんじゃん」

「そうそう。死体もってこいって話だからさ」

どうやら話にならないようだった。

「ここは諒子の出番ですよ！　サイバーニンジャガジェットでやっちゃってください！」

「今は何も持ってないですよ」

「ほわい!?　何故に!?」

「普段から武器なんて持ち歩くわけないでしょう。許可がないと持ち出せないですよ」

「じゃあ仕方がないですね」

次の瞬間、実に滑らかにキャロルは銃を撃っていた。会話の途中でするりと銃を取り出し、ろくに狙いも付けずにいきなり撃ったのだ。

「あぁ!?」

だが、銃弾が効いている様子はなかった。白猫は、心臓を狙った弾を肉球で受け止めたのだ。

「キャロル。やっぱりヒグマ程度ではないですよね？」

「そもそも、ヒグマだとすると拳銃程度では倒せませんけどね」

「仕方ないな。一匹は我がどうにかしてやろう」

もこもこが操る槐が一歩前に出た。

「一匹というのは？」

春人は訊いた。なぜ限定するのかがわからなかったのだ。

「槐ボディの耐久性がいまいちよくわからんのでな。とりあえず最高出力でやってみるが、壊れるかもしれん」

「わかった。もう一匹は僕がやろう」

もこもこは白猫を敵と定めたようなので、春人は黒猫と相対した。

「はあああぁあぁあああぁぁ!? 僕がやるぅ? 舐めてんの? ねぇ? 鶏なんてさぁ、猫の餌じゃん! 勝てるわけねぇだろうが!?」

黒猫は苛立ちを露わにした。格下の獣人に舐めた口を利かれたことがよほど腹に据えかねたのだろう。確かに氏族の格は鳳家のほうが低い。戦闘能力でも猫には敵わないだろう。屋外ならまだしも屋内ならなおさらだ。だが、春人はそれほど黒猫に脅威を感じていなかった。

ズドンと、低い音がした。

黒猫が白猫を見た。もこもこの拳が、白猫の腹部に深々と突き刺さっていた。

「やはり脆いな。拳が砕けたわ」

もこもこが拳を引き抜く。確かに手首から先がぐしゃりと変形していた。腹を貫いたのかと驚いたが、潰れてそのように見えていただけらしい。

「ぅ……」

小さなうめきをあげながら、白猫が崩れ落ちた。

「ミカ！」

「動くな！」

黒猫が白猫へ駆け寄ろうとしたところで春人は叫んだ。もちろん、そんな言葉に意味などない。意味はないはずだが、その言葉は黒猫に影響を与えた。黒猫は、足を絡ませ転けてしまったのだ。

——やはり支配するとまではいかないか。

獣人を支配する力。その一端を春人は垣間見た。あの島での経験から、春人は朧気ながらにではあるが、その力を扱えるような気がしていたのだ。

「お前！　何をした！」

「とりあえず勝敗をはっきりさせておこうか」

春人は、右手を黒猫へとかざした。

「うぐう！」

起き上がろうとした黒猫が潰れた。上からの押さえ付ける力に耐えられなかったのだ。

春人の力、つまり鳳家の力とは、重力を操る力だった。鳥の獣人が空を飛べる。なんとなくそういうものだと思っていたが、普通に考えればおかしいのだ。

人の背に生えた程度の翼で空を飛べるわけがなく、そこには何らかの力が働いているはずだった。春人は自分の出自を知り、その力に自覚的になったのだ。意識して操ろうとすれば、それはすんなりと春人の手に収まった。

「おっと。殺すなよ？　ここから出る方法を吐かせねばならんからな？」

もこもこの忠告を聞き入れ、春人は力を抑えた。

「おい。ここから出る方法を教えるのだ」

「だ、誰が……教えるかよ！」

「ふむ。元気なのは結構なことだ。だが、お主の相方はどうかな？　獣人はそこそこに頑丈なようだが、壇ノ浦の一撃を喰らってただでは済むまいよ」

春人は白猫を見た。かすかに動いているが、虫の息といった様子だ。

「ミカ……ミカっ！」

黒猫が手を伸ばす。春人は力を加え、その手を押さえ付けた。

「今の我の身体は実に脆かった。衝撃を伝え切る前に壊れよったのだ。故に即死はしておらん。だが、いつまでももつとはとても思えんな」

「黒い！　黒いですよ！　もこもこさん！」

キャロルがなぜか喜んでいた。

「はーはっはっはぁ！　もっと褒めるがよい！」

「それは褒めてるんでしょうか……」

諒子は呆れていた。

「……ミカだ！　この術はミカがやってるんだ！　ミカじゃないと解けないんだよ！」

「へ？」

もこもこが高笑いをやめた。

「……あー……どうすればよいのだ？」

「もこもこさん、かっこ悪いですよ！」

「そちらは意識を取り戻すのを期待するとして……話を聞かせてもらおうか」

この状況で逆らう気にもなれないのか、黒猫はゆっくりと事情を話しはじめた。

＊＊＊＊

「なるほど。見せしめのつもりだったのか」

そう複雑な話でもなかった。小西家は獣人の頭首の座をまだ諦めてはおらず、力尽くで各氏族を傘下に加えようとしていたのだ。そこで、鳳家で一番どうでもよさそうな春人をまずは殺そうとしたらしい。これから順にお前らの氏族を削っていくという宣戦布告のつもりだったのだ。

「おかしいだろ……なんで鶏なんかに負けるんだよ……」

「僕もここまでやれるとは思ってなかったよ」

黒猫はすっかりやる気をなくしたようで、白猫の側で介抱しようとしていた。

「最悪の場合、術者を殺してみる手もありますが」

諒子が物騒なことを言いだした。

「待て。どうにかならんかと今手を尽くしておる」

「何か手があるのですか？」

「我の本体は外におるので最悪どうにもならんでも平気ではある」

「それはあんまりですよ！　どうにかしてください！」

「そのロボットはレンタルなんですよね？　狭間に放置なんてことになるのは問題なんじゃないですか？」

「……早急に手を打った！」

どうにかする方法はありそうだった。

しばらくして、店外の様子が激変した。影絵のようだった街が元通りになったのだ。

「ずらかるぞ！　倒れた女子がいるなど、人が戻ってくれば大騒ぎだ！」

黒猫が白猫を抱きかかえる。春人たちは慌てて店の外へ出た。

「もこもこさん。なんだか俺をいいように使い過ぎだと思うんだけど」

少し困ったような顔をした高遠夜霧がそこに立っていた。もこもこの打った手とは、彼を呼ぶことだったらしい。

「すまんすまん！　この恩は忘れぬからな。何かで埋め合わせはするから！」

「まあ、いいけど」

猫の獣人たちはもう姿を消していた。すぐさま治療のために帰還したのだろう。

「あの……これは高遠くんがどうにかしたのですか？」

諒子が恐る恐る訊いた。

「うん。前は無理だったけど、今はなんとなく何かの術だけを殺すってのもできるようになったんだよ」

何が殺せるのやらさっぱりわからない。やはり夜霧とは敵対するべきではないと春人はあらためて考えた。

「ええと、鳳くんだっけ。もこもこさんがごめんね」

「我が何かやったわけではないぞ！」

「えー？　でも、術者を気絶させてしまったのはもこもこさんじゃないですか？」

キャロルが混ぜ返すように言った。

「いや、僕の事情にみんなを巻き込んでしまったんだ。謝るなら僕のほうだよ」

「そうだそうだ！　鳳が悪い！　そういうことにしておこう！」

「もこもこさん。たぶんだけど、鳳くんはそんなに悪くないんじゃないか？」

「では、私めが解説してさしあげましょう！」

キャロルが意気揚々と何があったのかを説明しはじめた。

「誰が悪いかというと襲ってきた奴が悪いってことになりそうだけど」

一通り話を聞いた夜霧はそう結論付けたようだ。

「だろうが！　我のせいとかではないであろうが！」

「槐の家が貧乏になってた理由がわかったよ。これ、槐も危ないんじゃないのか？」

「ふむ……確かに獣人のごたごたが本格化してくれば皇にも影響があるやもしれぬな。今は力をなくしているとはいってもこれまでの積み重ねがあろうし、次期頭首にとって邪魔な存在であるやもしれんし」

「襲ってきたのは小西って人だっけ」

何気ないその一言に、春人は戦慄した。夜霧なら槐を守るために力を使うことを躊躇わないのではないか。そんな予感を覚えたのだ。

「だ、誰がとかは一概には言えないのではないでしょうか！　その、こう言った問題は複雑に絡み合ってますから、目立った人物を排除したところで解決できるとは思えません！　そう！　もっと情報を集めて慎重に、熟慮の上で動くのがよいはずです！　ええ、そうです！」

諒子が慌ててまくしたてた。よほど夜霧に動いてもらいたくないらしい。

「のーぷろぶれむです！　獣人やら何やら！　そーいったあれこれは、鳳春人！　鳳春人にお任せください！　彼が何もかも解決してみせまーす！　ね！」

キャロルが実に適当なことを言いはじめた。キャロルも、春人や諒子と同じ予感を覚えたのだろ

う。

「え？　いや、そうだな。高遠くん。皇本家には影響がないように最善を尽くそう。君が何かをする必要は一切ないよ」

実際のところ、夜霧に動かれるのは非常に都合が悪かった。最悪の場合、獣人勢力の全滅もありえるだろう。夜霧が介入する前に、全ての問題を全力で解決する必要があった。

「そう？　だったらいいけど」

夜霧もそれほど深刻には考えていないのか、それ以上この件に深入りするつもりはないようだった。

「そういえば、もこもこさん。槐の手が壊れてるけど……」

「直す！　直すから！　よし！　篠崎のところに行こう！　あそこの設備でどうにかなるだろ！」

夜霧ともこもこが去り、キャロルと諒子も速やかに去っていった。

「さて。なんだか妙なことになってきたな」

獣人がまとまっていないのは問題だと思っていたが、のんびりと構えていられる状況ではなくなってしまったようだ。

「でも、いきなり大きなことを言っても仕方ないか」

まずは、鳳家での地位を確立しなければならないだろう。

獣人全体の問題はその後だと春人は考えた。

ベータテスト

道場破りがやってきた翌日。

知千佳は片付けをするために道場へとやってきた。昨日はばたばたとしていてけっきょく後回しにしてしまったからだ。

それほど大立ち回りをしたつもりはなかったのでたいして荒れていないと思っていたが、床は足跡だらけになっていた。

イヅナは道場に土足で上がり込んでいたからだ。

「なんであいつ土足だったんだ……」

知千佳も他人の道場で戦うとなればわざわざ靴は脱がないだろうが、自分の家でそれをやられるとむかつくのだった。

知千佳は雑巾を用意し、床を拭きはじめた。壇ノ浦家の道場の畳は合成樹脂製なので汚れを落とすのは比較的簡単だった。

「後はあたるくんだけど、これは私が下手に触らないほうがいいよね」

道場の壁際では人形が真っ二つになっていた。部品が飛び散っているが、修理するときに何が必要かなど知千佳にはさっぱりわからない。このままの状態で姉の千春に見てもらうのが一番だろう。

掃除も終わり帰ろうとしたところで知千佳は気配を感じた。背後に何かが、唐突に現れたのだ。

背後に迫られるまで気配を感じられなかったのだからよほどの達人だろう。知千佳は警戒しながら振り向いた。

そこには、小太りの女が立っていた。

「お姉ちゃん……じゃなくて、もこもこさん!?」

その女は狩衣を着ていた。姉もおかしな格好をいろいろとするほうではあるがさすがにここまで時代がかった格好はしないはずだった。

「え？　どうしたの!?　何か重大事件でも!?」

異世界から帰ってきて以来、もこもこは知千佳の前には姿を現さなくなった。手助けはあくまで異世界限定であり、元の世界に戻ったのなら手は貸さないとのことだったのだ。そして、どうしてももこもこの力を借りたい場合は、道場にある神棚の前で呼びかけることになっていた。

そのはずなのに、もこもこのほうから姿を現している。ならば、どうしても知千佳に伝えたいことが起きたのかと考えたのだ。

『おう！　実はだな。スマホゲーを作ってみたのだが、実機がないと最終的なテストができなくてな。貸してもらいたいのだが！』

「どーでもいい用件だった！」

『どうでもよくはない！　エミュレーターだけでのテストでは必ず何かしら問題が起こるのだ！　やはり実機でのテストは必要不可欠なのだぞ！』

「滅多なことでは出てこないって言ってなかった？」

『いや……昨日呼びかけられたし……もういいかなって……』

「そっちが言いだしたことだから別にいいけどさ。で、スマホゲーって？」

『うむ。我らは異世界に行ったであろう？』

「行ったけど」

『それは類希なる経験なわけで、それを活用せん手はないだろうと思ったのだ。手始めにノベル化し、コミカライズして、アニメ化するだろ？　で、ハリウッドで映画化する前ぐらいにゲーム化がくると思ってだな。今から作成を始めているのだが』

「捕らぬ狸の皮算用もここに極まれりだな！　どんな妄想だよ！」

『そうか？　案外ありえる気もするのだが』

「それって高遠くんが主人公なの？」

『いや、特定の誰かが主人公というわけでもないな。というか、あやつを主人公にすると即死能力に全部持っていかれる展開にしかならんのだが！』

「倫理面で多大な問題もあるしね」

『まあのう。動画サイトなんかを見ていると死だとか殺だとかの文字はことごとく伏せ字にされておるしなぁ。世知辛い世の中よ』

ちなみに、それらの文字が含まれるとＡＩの判定によって収益化に制限がかかるらしいので、動画制作者が自粛しているとのことだった。

「別にスマホゲー作るのはいいけどさ。最近その手のゲームってちょっと微妙な感じになってきてない？」

知千佳自身も話題になったスマートフォン用のゲームをプレイしたりはするのだが、すぐにやめてしまっていた。たいていの場合、イベントで周回させられるばかりになり、同じようなことしかしていない気になってくるためだ。

『確かに凋落が見えてきているような気がしないでもないが、要はやりようであろう。市場規模自体はコンシューマーゲームを上回っておりかなりのものなのだ！　今からでも大ヒットを目指せるはずだ！　ガチャで射幸心を煽ってがっぽがっぽよ！』

「そんな邪な思惑で守護霊にのこのこ出てこられても困るんだけど……スマホ出せばいいの？」

呆れながらも、知千佳はスマートフォンを取り出した。知千佳もゲーム全般を幅広くやっているし、興味がないと言えば嘘になる。

『とあるサーバーにテスト用の実行ファイルを置いてるので――』

何が何やらさっぱりわからなかったが、逐一もこもこの言うように操作していくとアプリがインストールされた。

「でもさ。テストって言われてもそんなこと長々とやってる暇はさすがにないんだけど」

知千佳もよくは知らないが、それでも最近の複雑なゲームをテストするのは大変だろうという想像ぐらいは付いた。

『何。テストシートを作ってチェック項目を網羅せよとは言っておらん。まずは本当に実機で起動できるかの確認だ。それと軽く触ってみて、ぱっと見の問題がないかだな。その程度のことをやってくれと言っているだけだ』

「それぐらいならいいけどさ。どんなゲームなの？」

アイコンはただの四角だし、タイトルは仮と書いてあるだけなので内容はさっぱりわからなかった。

『よくあるやつだ。仲間キャラやらをガチャで出して、パーティを編成して、戦闘ステージに出撃して、何ウェーブか敵と戦うやつだな』

「ほんと、よくあるやつだね。今さらそんなので大丈夫なの？」

同じ内容のゲームをいくらでも思い出すことができた。二番煎じどころか、煎じ過ぎて味がしないぐらいだろう。

『大丈夫であろう。奇をてらってもユーザーはついてこんのだ！　いつもと同じという安心感はメリットにもなりうる！　作るほうもノウハウが蓄積されているから見通しが立てやすいしな！』

「なんでもこもこさんにゲーム開発のノウハウが……」

『とにかく起動してみるがよい！』

アイコンをタップすると、オープニングデモが始まった。


私たちはバスに乗って修学旅行先に向かっていた。トンネルを抜けるとそこは……明るい草原だった。


「え？　これって？」

『お主が喋っておるという設定だな。ちなみに声優は我だ！』

「何かむかつくな！」

『ストーリー進行は基本的には異世界での体験を元にしておる』

バスに賢者シオンが現れ異世界召喚についての説明が行われる。ギフトが与えられ、生徒たちは街へと移動した。

矢崎卓「こうなったらみんなで協力するしかないね」
壇ノ浦知千佳「そうだね。みんな一丸になって頑張ろう！」
篠崎綾香「仕方がないわね」

街の背景と立ち絵が表示されての会話劇が始まった。

「展開が違うんだけど？」

矢崎が妙に爽やかだし、実際には置いていかれた知千佳と綾香が素直に協力していた。

『囮にして置いてったりするとクラスメイトがばらけて面倒くさいだろうが！　街を拠点にしてあれこれするゲームなので、まずは街に行ってもらわんと話にならんのだ！　そういうわけで、皆で仲良く街に行きましたとなっている！』

「何か納得いかないな！」

『割り切れ！　ゲームとはそういうものだ！』

「別にいいんだけどね。どうせフィクションなわけだし」

『街まで行けばガチャを引けるようになるわけだ。ちなみにデモはさくっと飛ばせるので、リセマラにも優しい仕様だ！』

「そこまで気を遣うなら、初回ガチャいくらでもやり直せますシステムでいいのに……」

『そこまでするのも何か違うように思うのだが』

「まあね。どうせ欲しいのが出るまでやるんだからもう選ばせろよ、と思わなくもない」

『まずはガチャだな！　パーティメンバーを編成できねば話にならん！　今回はテストなので三十万星結晶をプレゼントしてやろう。課金せずともガチャ引き放題だ！　試してみるがよい！』

「お。それはうれしいね」

ガチャ画面に移動した。星結晶三個で一回、星結晶三十個で十回連続召喚となっている。

「この星結晶ってどっかで見たことあるね」

『うむ。塔で出会ったライニールが使っておったものだ！』

「あぁ……そんな人いたよね……」

ライニール。とことん運が悪く、その運の悪さを女神から与えられる星結晶、通称詫び石で補填していた青年だった。

『ちなみに十連三千円ぐらいを想定しておる。今のところこのぐらいが相場としてコンセンサスがある感じだな。十連六千円とかやってしまうと炎上しかねない！』

「十連三千円でも冷静になって考えるとずいぶんな値段だと思うけどね」

『スマホゲーにとってはここが肝だな。課金圧をいい感じに調整して、うまいこと搾り取るのだ！』

「タダならとりあえずやってみようかな」

知千佳はとりあえず一回召喚のボタンを押した。

満面の笑みを浮かべた賢者シオンがデカデカと画面に登場した。

「どういうこと？　この人ついてきてんの？」

『こやつが召喚するという設定のガチャだな。塔に出てきた女神とどっちにするか迷ったのだが、あっちはそれほど出番もなかったので、こっちにしてみた』

「クラスのみんなは一緒に行動してるんだよね？　また召喚するって何なの？」

『細かいことは気にするな！　ガチャなんぞ適当に光って、期待を煽る演出を入れておけばいいのだ！』

「何か雑なんだよなぁ……」

画面をタップすると、シオンが光を放ち、中からカードが現れた。

R［何なのこれ？］壇ノ浦知千佳

「私じゃん……」

バスの座席に座る知千佳が、隣の席にいる城ケ崎（じょうがさき）ろみ子（こ）に話しかけているシーンが描かれたカードだ。確かにこんな状況で、こんなセリフを言ったような記憶もある。

『R（レア）。いわゆる外れだな！』

「何かいらっとするな！」

『しかもサポートカードだ』

「混合ガチャとか害悪でしかないじゃん……」

「仕方がないな。テスト用特別召喚をさせてやろう。大当たり確率激増で激アツだ！」

もこもこの手引きに従って操作すると、特別十回召喚ボタンが現れた。
知千佳はボタンを押した。
シオンが光を放ち、そこから次々にカードが現れた。

SSR［がんばれ♥がんばれ♥］壇ノ浦知千佳
チアリーダーに扮した知千佳が描かれているカードだ。SSRなので当たりの部類だろう。枠や背景がキラキラしていてやたらと豪華だった。

SSR［完璧で究極の］壇ノ浦知千佳
アイドルのような衣装を着ている知千佳が描かれていた。衣装は実際にアイドルである秋野蒼空(あきのそら)が着ていたもののようだ。

SSR［寄らば斬る］壇ノ浦知千佳
羽織袴を着たサムライ風の知千佳が描かれている。

SSR［それはアグリーですね］壇ノ浦知千佳
眼鏡をかけてスーツを着たキャリアウーマン風の知千佳が描かれていた。

ＳＳＲ［包囲掃滅陣］壇ノ浦知千佳
騎士のような格好の知千佳が戦闘の指揮を執っているシーンだ。
ＳＳＲ［夜に忍ぶ］壇ノ浦知千佳
黒い忍者装束の知千佳だ。手には苦無を持っているので、投擲がメインなのかもしれない。
ＳＳＲ［聖女ビーム！］壇ノ浦知千佳
白いドレスを着ている知千佳だ。キャプションに聖女とあるのでそうなのだろう。目からビームを放っている姿だった。
ＳＳＲ［お注射しましょ］壇ノ浦知千佳
白衣を着て、ナース帽を被っていて、注射器を持っている知千佳だった。
ＳＳＲ［案内するにゃ！］壇ノ浦知千佳
猫耳と尻尾が付いている知千佳だった。衣装はメイド服らしいので猫耳メイドということらしい。

SSR［エゴイスティックブラックスミス］壇ノ浦知千佳

触丸（ふれまる）が変形したバトルスーツを着ている知千佳だ。この格好だけは知千佳も実際にしたことがあった。

「私しか出ないんだが！」

『異世界でヒロインっぽいのお主ぐらいだったし』

「いたでしょ！　いくらでも！」

『だいたいすぐ死んでいったから……』

「ゲームなんだから生きてることにしとけばいいだけでは？」

『いいではないか……同キャラばっかのスマホゲーなんていくらでもあるではないか……』

「あるけどさぁ。見せられるほうの気持ちも考えようよ」

『え？　ラッキー！　私、超目立ってる！　とかではないのか？』

「んなわけあるか！」

『まあ、さすがにお主だけではキャラが足りんのでな。後々実装予定だ』

「ガチャに文句言ってても仕方がないし、とりあえず戦ってみてもいい？　戦闘がメインコンテンツなんでしょ」

『おお、そうだった。賢者から出されたミッションをクリアしていくという形式だな。ファースト

SSR
SSR
SSR

ミッションはドラゴンを倒すことになっている』

「いきなり？」

『実際にはドラゴンから逃れて街へ行けというものだったがな。逃げるだけとかゲームとしてどうかと思うので倒せるようにしておいた』

「確かに、逃げてクリアって言われても微妙だもんね」

知千佳はパーティ編成を行った。五人まで登録できるので、ナース、アイドル、チアリーダー、サムライ、聖女を設定する。

そして草原のステージ１へと出撃した。

それぞれの格好をした知千佳が五人ずらりと並んだ。

ゲームによっては同キャラのスタイル違いを同時に編成できなかったりもするが、このゲームでは編成に制限はないようだった。

「ひどい絵面だな……」

『そうか？　可愛い女子がずらりと並んでいて壮観ではないか！』

「全部私だけどな！」

戦闘開始が告げられ、敵が現れた。透明でぷるぷるとした緑色の塊。おそらくはスライムだろうが知千佳は首を傾げた。

「ねぇ。こんな奴ら向こうじ見たことないんだけど？」

『そういうもんだろうが！　漫画やアニメがゲーム化されるとオリジナルにいなかった敵やらキャラやらがしれっと出てくるものなのだ！』

「まあ……ちょうどいい感じの序盤雑魚はいなかったから仕方ないのかな？」

『だいたいこんなメディアミックスで適当にゲーム化するようなもんは、システム使い回しで雑魚敵なんかちょっと色変えて突起増やしましたぐらいのものだろうが！　まじめにオリジナル雑魚キャラを考えとるぶん我のほうがまだましというものだ！』

「スライムでオリジナル雑魚キャラを主張するってずいぶんと面の皮厚いな！」

『そうそう。戦闘は基本はオートで進行。適宜クールタイムのあるスキル技を発動するというスタイルだ。スキルとは別に必殺技ゲージが溜まると撃てる必殺技もあるぞ！』

「わざわざ説明してくれなくてもいいぐらいの定番感あるね！」

　各種の知千佳がスライムを殴ったり、蹴ったり、ビームを放ったりして全滅させていた。さすがに最初のステージの雑魚敵は簡単に倒せるようだ。

「これって……クソゲー感あるね……」

　何ステージか進むとレベルも上がってきたが、今のところはたいして面白い要素がなかった。何かしら攻略のために工夫する要素がないと何の張り合いもないのだ。

『最初はそんなものだろう。いきなり複雑なシステムを押し付けてもユーザーには理解し切れん！　離乳食から与えていくべきなのだ』

「ユーザーの舐めっぷりがすごいなぁ……」

『そんな感じで進めていくとファーストミッションのボスが登場だな！』

「シナリオ展開とかないんですかね！」

『そこらへんは潔いシステムになっておってミッションの最初と最後にちょろっと紙芝居っぽいのがあるだけだ！　だいたいスマホゲーのシナリオなんぞみんなスキップしておるだろうが！』

「さっきから偏見がすごいな！　でもシナリオがないと単調過ぎない？」

『いちおう絆システムはあるぞ！　一緒に出撃したキャラ間での絆レベルが上がっていき、一定レベルに達すると絆エピソードを見ることができるのだ！　無理矢理見せられるシナリオと違って、これなら見たい奴だけが見ればいい！』

「絆も何も全員私なんだけど？」

『それは……自己肯定感が上がるといったところだろうか』

「ボスっぽいの出てきた！　懐かしいって言うと何か違う気もするけど、見たことある奴だね」

いくつかのステージを経てボスステージに到着すると、そこで待っていたのは見覚えのある姿をしたドラゴンだった。異世界に行って最初に襲ってきた敵であり、異世界初の即死犠牲者だ。

「実際には高遠くんが倒しちゃったけど、ゲームなら私でも……」

ドラゴン「我が領域に踏み入るとは愚かなり、人の子らよ！」

「喋ったけど!?」

『それがどうした?』

「こいつそんな賢そうでもなかったよ?」

『いや、あれこれ情報を総合すると、こやつは草原らへんの竜信仰の対象で、人々に崇められておったようなのだ。竜言語なるもので人とコミュニケーションを取っていたらしいので知能はそこそこにあるのだろう。さすがに竜言語で喋られても理解できんし、アティラは普通に人の言葉を喋ったので、こやつも喋るということでいいのではないかと』

アティラは峡谷で出会ったゴールデンサンダードラゴンだ。人に変化もできて言葉も喋ることができた。あの世界でのドラゴンは喋れるのが普通なのかもしれない。

「野生のモンスターぐらいに思ってたよ。裏設定はともかくボスだから倒すだけなんだけど」

知千佳は、ここまであまり使っていなかったスキルを発動した。

チアリーダーとアイドルで攻撃力アップのバフをかけて、サムライと聖女で攻撃する。ナースは回復技を温存だ。

サムライの剣技と聖女のビームがドラゴンに炸裂する。相手の体力はわからないが、それなりのダメージを与えたようなエフェクトが表示された。

次は自分の番だとばかりにドラゴンが大きく口を開ける。

ドラゴンブレス。口から吐き出された炎の奔流が知千佳たちを襲った。

知千佳たちは全滅した。

「は？」

一撃だった。ろくに何もできないまま、ゲームオーバーになってしまったのだ。

「はぁぁあああ？　勝てないじゃん！　こんなの！」

『人間ごときがドラゴンに勝てるわけなかろうが！』

「そんなとこにリアルはいらないんだけど！　だったらどうしろっての!?」

『レベルを上げて物理で殴れ！』

「離乳食はどうしたよ！」

『だいたいだな！　ドラゴンが弱いわけがないだろうが！　簡単に倒せるほうがおかしいのだ！　昨今のラノベやらゲームやらのエンタメでのドラゴンの扱いはどうかと思うのだが!?』

「やっぱりクソゲーじゃん！　そーゆーのクリエイターのエゴってやつだよね!?」

『むぅ……しかし節目節目に印象に残るようなボスは必要ではなかろうか？　順調に進んでいて、この調子だと楽勝だなと思ったところに冷や水ぶっかけてくるようなヤツが！　あれ強かったよな！　と後に懐かしむ声が出てくるようなヤツが！』

「それを最初のボスでやんなって言ってるの！　ファーストミッションなんてまだチュートリアルみたいなもんじゃゃん！」

『わかった、わかった！　じゃあそこは調整の余地ありと！』

「余地とかじゃなくて必須でしょ。こんなのどうやったって倒せないじゃん！」

『倒せるぞ。原作準拠の方法で』

「原作って……あ、もしかして高遠くん？　でもパーティにいないからどうしようもないけど」

『ガチャを引け！　と言いたいところだが、そんなことをしておっては日が暮れるからな。テスト用に編成したパーティがあるのでそれを使うがいい』

　パーティ編成画面を確認すると編成済みのパーティが登録されていた。

「でもさ。ゲーム上での仕様ってどうなってるの？　最強キャラって扱いが難しいんじゃない？」

　夜霧の能力を素直にゲーム仕様に落とし込むなら、必中確定発動する即死魔法といったところだろう。例外なくどんな敵にでも通用するとなるとさすがにゲームバランスが崩壊しそうだった。

『うむ。これまでの圧倒的な強キャラをゲームに出した例で言えば、最初から登場せずに遅刻してやってくる。用事を思い出して帰ってしまう。などがあるな！』

「どうにか元の設定を活かしたままゲームに登場させようとした苦労が垣間見えるよね」

『さすがに同じことはできんので、ちょっと工夫をしてみたぞ』

　このゲームではどうなっているのか。興味を覚えた知千佳は夜霧のいるパーティを出撃させた。

「寝てるんだけど！」

　夜霧は、立ったまま寝ていた。

『どうだ！　遅刻、帰るに続いての最強キャラの扱い方！　ずっと寝てる！　だ！』

「ずっと⁉」

『起きたら勝ってしまうだろうが』

「うーん……キャラ設定を活かしてる……と言えるのか、これは？」

今のところ雑魚戦では何の役にも立っていないが、様々な格好の知千佳がスライムを蹴散らしているのでゲーム自体は進行していった。

「寝たまま歩いてる⁉」

ウェーブとウェーブの間に歩くシーンがあるのだが、夜霧はその間も寝たままだった。

『夢遊病？』

「ほんと雑だな！」

そんなことを言っているうちにラストウェーブに到達し、前回と同じくボスキャラであるドラゴンが登場した。

顎を大きく開きブレスの準備に入る。そして、ドラゴンは倒れた。

MISSION　CLEAR!

画面にはでかでかと白々しい文言が躍っていた。

桐生裕一郎(きりゅうゆういちろう)「やったぞ！　ドラゴンを倒した！」
壇ノ浦知千佳「やったね！　これもみんなの協力のおかげだよ！」
鳳春人「僕のサポートが有効だったね」
橘裕樹「おっと！　僕の活躍も忘れてもらっては困るな！」

「何にも協力してないけど!?」

『どうだ！　常に寝ているので能動的に攻撃はできないが、攻撃されると百%の確率で、攻撃前に反撃して即死させるのだ！　原作ガチ勢も大満足の仕様だろうが！』

「やっぱりクソゲーだよね！」

『いや、能動的に攻撃できないという縛りがあるし、敵側のターゲット選択はランダムだし、毎回狙われるわけではないし、案外バランスは取れているのではないかと』

「高遠くんを単独で出撃させたらいいんじゃないの？」

『……そんな……抜け穴が！』

「誰でもすぐに思い付きそうだけど!?」

　客観的に考えればこの仕様では駄目だとすぐにわかりそうなものだった。だが、天才的なアイデアだと思い込んでしまうとこんな簡単なことでもわからなくなってしまうのかもしれない。

『ぐぅ……だったらパーティは必ず五人で登録するように……』

「弱い奴を入れとけばすぐに死んで高遠くんだけになると思うけど」

そもそもの話、パーティの初期編成が何人だろうと夜霧がいれば絶対に負けないのでゲームとして成立していなかった。

『寝てる奴だけ生き残ったらゲームオーバーだ！』

「麻痺で全滅ってゲームはあるけど、寝てるだけでそれはおかしくない？　いくらなんでも起きるでしょ。ってなるし」

『いや……それは……待っておれ！　仕様を練り直してくるのでな！』

捨て台詞を残してもこもこは消えていった。

「何だったんだ……でも待っておれって、まさか……」

もしかして、これぐらいの気楽さで今後も出てくるつもりなのではないか。

知千佳は少しばかり不安になってきた。

ACT 2

蛇足

やあ、よく来たね。

君はあれかな。Vロードを通ってきたのかな？　え？　全知ならそれぐらいわかるだろうって？　うーん。それぐらいはわかろうとすればわかるけど、何もかも事前に知ってますってのはいかにも味気ないだろ？　あ、もちろん君もわかってるとは思うけど、厳密には全知だとか全能だとかは存在しないからね。いちいち説明はしないけど、君の世界でも有名なパラドックスがあるだろう？

僕が何者なのかかい？　一目で僕を全知だとわかったぐらいだから想像はできるだろうけど、元人間の君の感覚に一番近い言葉だと神かな？

もちろんお前なんか神じゃないと言われればどうしようもないけどね。わかりやすいから神でいこうよ。いちいち、神みたいなものだとか、厳密に言えば違うモノとか言うのも面倒だろ？　僕も神だし、君も神だ。

とはいえ、神にもピンからキリまであるんだけどね。僕はピンのほうだし、君はキリだ。神への階梯に足をかけたばかりのひよっこに過ぎない。もっとも現時点においてそうだというだけで、この先どうなるかはまだわからないよ。だから君を馬鹿にする気も見下す気もない。もしかするとあっという間に僕なんか追い抜いていくかもしれないしね。そのときはよろしく頼む。優しくしてくれた先輩ってことで面倒を見てくれよ。

Vロードとは何かって？　一言で言えば人が神へと至る道程だね。何だったかな……確か武神が昇る道がどうのと厳めしい名前なんだけど、面倒くさくなってビクトリーロード、略してVロードって呼んでるんだよ。戦いに明け暮れた人間が全てを倒し尽くして、どこまでも際限なく強くなっていって、限界を超えたことで神へと到達する。そんな一連の流れのことなんだけど、君もそうなんじゃないの？　そう！　やっぱりそうだよね！

そうか、Vロードという名前は軽く思えるのか。でも意味が伝わればそれでいいんじゃないかな。そもそも僕たちは何らかの言語を用いてコミュニケーションを取っているわけじゃないんだし。思ったことを直接押し付け合ってるだけだしさ。ああ、君は言葉を喋っているつもりだったのか。慣れるまでは区別が難しいよね。でも僕たちのやりとりはだいたいはこんな感じだ。

え？　もしかして僕と戦おうと思ってる？　次はお前だ！　って？　怖いよ。何のホラーだよ。やめときなよ。僕はそーゆータイプじゃないんだよ。やる気がない奴と戦っても仕方ないだろ？　やる気がある奴なんていくらでもいるんだからさ。だって、Vロードなんて言葉があるぐらいだよ？　戦い続けて武神と呼ばれるようになって、こんなところまで来てもまだ戦いたいっていう君と同じタイプの戦闘狂はいっぱいいいるんだ。

わくわくしてきたって？　すごいなぁ。バトル漫画の主人公みたいだね。僕はすっかり枯れちゃってるから、ついていけないよ。

最強を目指してるのか。いいんじゃないかな、目標があるのは。僕なんかはもうすっかり隠居しちゃったようなものでさ。でも、退屈でやることがないってほどじゃない。こうやってたまにやってくる君みたいなのにアドバイスをしたりさ。今の状況も満更でもないよ。

さっそく強い奴を紹介しろと。せっかちだなぁ。せっかくこんなところまで昇ってこられたんだから、もうちょっと今の状況をあれこれ楽しんでみても……そうか。戦うのが一番好きなんだね。他のことなんかどうでもいいのか。

そうだなぁ。でもこればかりは僕が紹介したとして相手次第だからなぁ。君と同程度の強さだと……馬鹿にするな？　最強を出してこい？　そう言われてもね。格が違い過ぎると相手にもしてもらえないものなんだよ。とりあえず、自分で探してみたらどうかな？　君も全知っぽい力を手にしてるわけだし。

ふむ。全知全能について疑問があると。神と呼ばれる存在は基本的に全知全能なのだとして、何人もいるのはおかしいのではないかと。確かにそうなんだけど、これはさっきも言ったように厳密には全知全能は存在しえないんだよ。面倒だからここでは細かいことは無視してさ、全知全能ってことにしとこうよ。それはそれとして全知全能っぽい奴らはいっぱいいて、それにはランクがある。つまりランクが上の全知全能に、ランクが下の全知全能は敵わないんだよ。はは、なんだか全知全能って言い過ぎて安っぽくなってきたね。とにかく、君の知ろうとして知れる範囲が今の君の限界なんだよ。それ以上の相手を望むのは分不相応だ。

うん。何人か見付けたみたいだね。とりあえず手の届く範囲から始めてみるといい。何、すぐには無理かもしれないけど、この領域に至ると時間は膨大にある。いくらでも研鑽を積むといい。

行っちゃったか。せっかちだなぁ。そんなに急がなくたっていいのに。

あ、もう戻ってきたの？　え？　結構経ってる？　そうかぁ。僕ぐらいになるともう時間の感覚なんかも曖昧でね。過去も未来もごちゃまぜになるんだよ。え？　全知全能がそんなことでいいのかって？　いいんじゃないかな。別にそれで不都合はないんだから。

ほうほう。ずいぶんと手こずったようだけど、かなりランクを上げてきたね。

やっぱり僕が一番強いんじゃないかって？　えー面倒くさいなぁ。そう思われないようにしてたんだけど、君のランクが上がったせいでごまかせなくなってきたか。うん。たぶん、僕が一番だよ。どのグループで一番かって？　そうだなぁ、考えうる限りあらゆる世界で一番だよ。

あー、そのレベルでわかってないのか。今の君なら知ろうと思えばどうにでもなるのに、戦いのことしか考えてないんだなぁ。まあ、僕も暇だから付き合うけどさ。

世界をどう捉えるかだけど、単純に考えれば認知が及ぶ範囲のことだ。認識しようのない世界なんてないも同然だろ。もちろん、わからないから存在しないなんて乱暴なことを言うつもりはないよ。でもそれが存在したとして、一切の影響がないとすればやはりそれはないのと同じなんじゃないかな？

もちろん、僕が認知できない世界があるかもしれないし、絶対とは言い切れないんだけど。ほら、ここに来た直後の君が僕のすごさをわからなかったようにさ。

そうそう、僕は究極神って呼ばれてるんだよ。自分で言うなって？　恥ずかしいこと言ってる自覚はあるよ。でも、あらゆる世界を知ることができて、力を及ぼせるから、そう言われるのも仕方がないのかなって。

究極神って割には人間みたいだなって？　よく言われるよ。そんなすごい神なら、全ての時空に遍く存在していて、過去現在未来を全て見通して、あらゆる存在を支配下に置いてるんじゃないかって。いやぁ、そんな存在がいたとしてさ、そんなの存在してないのと同じじゃない？　神なんてのはこんなもんなんだよ。感情もあるし、欲もあれば、好奇心だってある。人間とそう変わりはしない。ちょっと届く手足が長いってだけでね。まあ、その届く範囲が決定的な差ではあるんだけどさ。

やる気が出てきた？　いや、やる気をなくしてもらおうと思って言ってたんだけど、逆効果だったか。そりゃそうかぁ。最強を目指すってことは一番を倒そうってことだしね。

うん？　でも僕の前に倒しときたい奴がいる？　向こう見ずなだけでもなかったね。段階を踏もうとするあたり君は偉いよ。実力差を無視して突っかかってこられても困惑するだけだしさ。で、僕とやる前に倒したい奴って？

あー。アレかぁ。そこにいきついちゃったかぁ。

それだけは、やめときなよ。いや、マジで。冗談抜きで。洒落にならないから。

アレは戦うとかって対象じゃないんだよ。たとえばさ、地球って星に住んでたとして、地球を壊そうって話と似たようなものなんだよ。え？　それでもいいって？　そっか。勝てるなら何がどうなってもいいんだ。そんなタイプにこの例えは不適切だったね。

アレについてはさ、できるだけ情報が出回らないように、興味を抱かれないようになってるんだ。なぜかって？　一部の神にとってはさ、知るだけでも存在が揺らぎかねないんだよ、アレは。

君も曖昧な噂をちょっと耳にしたぐらいなのかな。

知りたいかぁ。そうだなぁ。断片的な情報を拾い集めて勝手に解釈されるよりは、僕が説明しちゃったほうがいいのかな？

現時点での個体名は高遠夜霧。とある世界のとある宇宙のとある惑星に棲息するかなり脆弱な生命体だよ。現時点と言っているのは、アレは時代や場所によってはまったく別の個体である場合があるからだね。

で、無敵だ。ありとあらゆる意味で。

脆弱な生命体のはずじゃないかって？　そうなんだよ。そうなんだけど、アレに対しては何もすることができない。アレは高遠夜霧という状態を維持し続けようとしているから、それを脅かす対象を排除するんだ。〝世界〟からね。

あ、〝世界〟はありとあらゆる世界を含む究極集合的な世界のことだよ。いやね、単純に世界って言うとさ。その世界の外側がどうだとか、別次元がどうだとか、並行世界がどうだとか言いだす奴がいるんだよね。だからもう、ごちゃごちゃ言うなよ〝世界〟って言ったらもう何もかも全部のことだよ、って意味で言ってるんだ。君もそう理解してほしい。

ふむ。究極神でも勝てないのかって？　もちろん勝てないし、戦うつもりなんてないよ。僕は命が惜しいんだ。永久に〝世界〟を見守り続ける所存だね！　あ、ちなみにさ。長生きし過ぎて飽きてきたみたいなこと言う奴ってたまにいるけど、頭悪いよね。暇の潰し方を知らない哀れな奴らだよ。

君が戦うって言うのなら止めはしないよ。それは自由だからね。

ただの人間なら興味が失せた？

うーん。それはそれで困るな。脅威を正しく認識していないと、何かの拍子に高遠夜霧を巻き込みかねないからね。君が死ぬだけならどうだっていいことなんだけど、場合によっちゃあいろんなものが巻き添えを食いかねないんだよ。

ざっくり説明すると、主な特徴は恒常性だ。即死だの殺意を感知するだのはそのために発生している副次的な作用に過ぎないんだ。アレは人としての人生を全うしようとしている。それが全てであって、それを脅かす存在や概念に対して無害化や無効化を行い排除するんだ。排除された存在はアレにとって不要なんだから復活することはない。実際のところ、間違えて殺したのなら復活させせることだって可能なんだとは思う。けれど、アレはかなり慎重に対象を選定していて、確実に不要な存在を排除してるから、やっぱり復活はないんじゃないかな。実際、これまでにそんな例は一つもない。

だから徹底的にアレの情報を隠蔽する一派もいる。知らなけりゃちょっかい出さないだろうってことなんだけど、それはそれで問題があるんだよね。なにせアレは取るに足らないどこにでもいるような生命体の一つにしか見えないからさ。人間スケールで例えると、散歩してたら足元にいた蟻がアレで、気付かずに踏み潰そうとしたら死んじゃった。みたいなケースもあるわけでさ。

無自覚にアレを巻き込もうとして、消えていった神なんてのはいくらでもいるんだよ。だから、アレを知っている者はあまり無茶をしない。自重するんだね。だってさ、気付かないうちにいつの間にか別の世界に召喚されてたなんてことがあるんだよ？　つまり、いつどこでその気もないのにアレを巻き込みそうになって自分が消えることになるかわからないってことだ。そんなことがあるのなら慎重にならざるをえないじゃないか。

これがねぇ、アレについての一番の問題なんだよ。アレの脅威の程がまるでわからないんだ。見た目はただの人間だ。何かに秀でているわけでもない、取り立てて特徴のない凡人だよ。異論のある人もいるかもしれないけど、賢いといっても人類の発展に貢献できるほどでもないし、見た目がいいといっても世界的有名人というほどでもない。運動能力に関してはおそらく平均以下だろう。

ただの人間という点に関しては間違いなくて、アレを高遠夜霧として構成する物質組成も平均的人類から外れる点はない。では、神霊的な面に何かがあるのかと思えば、そこにもたいした違いはないんだ。死者の魂、つまり幽霊のようなものを見られるようにはなったようだけど、その点でも特筆すべき能力があるわけじゃなく、同様の環境に置かれれば大半の者は限定的な霊視ぐらいならできるようになると思うしね。

だから、アレに脅威を感じるのは本当に難しい。

何も知らない一般人から見れば凡人だ。多少目端が利く者だと、巻き起こる現象の中心にアレがいることに気付く場合もあるね。運命関連の能力を持っているとアレに関わると運命が見えなくなるといった状態に陥ることも多いようだ。なので、最も脅威を感じているのは、彼らだろう。

そして、神の域に達してしまうと、やはりその他大勢と違うようには思えなくなってくる。さっきの蟻の話で言うとさ、ある蟻の周りにちょっと死骸が多いとしても、どうだっていいとしか思えないだろ？

そうそう、ここ最近は比較的活発に動いてたから、このあたりのアーカイブが参考になるんじゃないかな。その異世界に行ったたって話だよ。ちょっと行って戻ってきただけなのに神に類する存在をいくつも排除している。これだけでも脅威の程はわかると思うけど。

アーカイブを一通り見たね。感想はある？

本当に無敵なのかって？　いくらでもやりようはあるように思える？

本当にアーカイブの内容を見て理解できたのかい？

認識できないぐらいの超速度による飽和攻撃？　いや、何というか、やっぱり理解できてないんじゃないかな。光より速いとかそういう問題じゃないんだよ。

だってさ、究極的に速いとなると過去に戻るなんてことになるだろ？　で、それでも勝てないんだよ。なぜなら過去改変されてアレが生まれてこないという結果をアレは許さないからだ。これらの事実から、大規模な過去改変はどれほど有能な神であっても不可能なんだ。なぜならその改変がアレに影響を及ぼすかもしれないからだよ。そのあたりをわかってなかった神が調子に乗ってたまに消えてるね。

ん？　アーカイブ内でも言及されていた人質作戦は有効なのではないかって？　別にいいけどさ、最強を目指すバトルマニアが人質作戦ってせこくない？　アイデンティティ崩壊してないかな？

なるほどなるほど。人質が通用するなんてメンタルは甘いと。最強同士の戦いにおいて不純な心持ちだと。君、友達いなかったの？　あ、ごめん。本当にいないとは思わなかった。だから自分以外の全てを殺し尽くして神に到達できたのか。それが悪いとは言わないけど、ちょっと単純化し過ぎてるよね。ちゃんと友達がいる人が葛藤するようなことを蔑ろにしてるだけでしょ？　君はコミュニケーションに対して真剣に向き合ってこなかったってことなんじゃないの？

ちょっと話がそれたか。たとえばだ、アレの知り合いを洗脳して襲わせようと思うだろ？　洗脳しようとした時点で排除されるよ。だってそんな現実はアレにとって都合が悪いからさ。

けっきょく、アレの周りで死んだ者っていうのは、死のうがどうなろうが彼の心にたいした影響を残さない者だけなんだよ。子供のころのことはどうなんだって？　錯乱している様子もある？　でも結果としてたいした影響はなかっただろ？　つまり、最終的に問題がなければアレにとってはそれでいいんだよ。そんな完璧を求めてるわけでもないいんだろうしね。

ん？　けっきょくこいつは何者なのか？　正体は何なんだって？

正体も何もそういう存在としか言い様がないよ。僕が僕であるように、君が君であるように、アレはアレなんだ。

アレは僕が発生する前から、おそらくは〝世界〟の最初から存在している。〝世界〟を構成するルールの一つであり、〝世界〟を規定する存在なんだ。〝世界〟の限界を示すものであり、終わりであり、ストッパーなんだよ。

ここ最近に限定すれば、どういうわけかとある世界のとある宇宙のとある惑星に棲息する知的生命体の一族として存在を継承しているようだね。なぜこんなことになったのかは知らないよ。いや、僕はその星が生まれる前から存在してるわけだから、何があったのかとかの経緯はわかるけどさ、思惑まではわからないよ。アレに現在の個体として以外の意思があるのかも定かじゃないし、詳細を知ろうとは思わないね。おそらく勝手にアレの心を読むだとか、記憶を読み取るだとか、そういった行いもタブーだろうと思うしね。僕は好奇心はあるほうだけど、明らかに触れちゃいけないものはわかってるから、アレについてはたまに様子を見る以上のことをしようとは思わない。

だから、何度も言うけれどアレは戦いを挑むような相手じゃないんだよ。

別にアレを倒さなくたって、アレ以外の強者を倒せば〝世界〟一を名乗っていいと思うからさ。

アレはほっとこうよ。

え？　そんなのどうだっていい？　〝世界〟が滅びようが知ったことかって？

うん。別に止めないよ？　説明はしたからさ。それを理解した上で挑むってのなら好きにしたらいいよ。

できないと思ってるのかって？　思ってるよ。結果として君という存在が〝世界〟から排除されることになると思ってる。

挑発したみたいになっちゃったか。本音を言っただけなんだけどなぁ。

行っちゃったね。

あー。消えちゃったなぁ。アレの属する宇宙を丸ごと消滅させようとしたのか。そんな程度で勝てるわけないのに、まるで理解してくれなかったんだな。

〝世界〟に影響を与えかねないぐらいに強くなるとどうしても我が強くなってダメだね。僕と同格の友達が欲しいんだけど、アレのおかげでいつもこうなってしまう。

どうしたものかな。そのうちに誰かまたやってくるとは思うけど、どうせ同じことになるのは目に見えてるし。

そうだな……これを聞いてるそこの君。いや、聞いてるんだか、読んでるんだか、見てるんだか、知らないけどさ。たぶん君は、アレのことをよーく理解してると思うんだよ。だからアレには手を出さないと思うんだよね。

だからさ、どうにかして僕のところまで来て、友達になってくれないかな？

Ｖロードを使うのが比較的簡単でおすすめだよ。うん。まずは宇宙一強くなるぐらいから始めてもらってさ。え？　できそうにない？　そうかなぁ。やってみれば案外できたりするものだよ？

あとがき

即死チートの15冊目です。今回は短編集っぽい後始末篇ということになっております。

本編は10巻程度で終わることを想定していましたので、14巻での完結は余裕がある状態で書いていましたし、ラストや帰還方法は当初から予定していたとおりにできました。

私としてはこのあっさりした感じが即死チートの持ち味と思っていますし、最後まで書き切れたと満足していたのですが、あれやこれはどうなったの？　というお声をいただくこともありました。

説明し切っていない部分については枝葉末節だと思っていたのですが、何か書いていいことになりましたので、帰還後の話やら補足できそうな部分やらを書くことにしました。

後始末篇とか言いながら、逆に謎が増えていて何にも始末されていないし、普通に日常が続いているので話が終わった感がまるでしませんが、さらに続きがあるのかは私にもわかりません。

もしかすると『即死チートが最強すぎて、現代世界のやつらもまるで相手にならないんですが。』みたいな話もありえるかもしれませんが、そこらへんは需要やら要望やらの話になるかと思います。

アニメが大ヒットして、コミカライズやら、既刊やらが爆売れとかになればそんな話もあるかもしれませんが、今のところは特にそんな話はないですので、あったらいいね、ぐらいに思っておいてください。

短編集の場合、各話解説みたいなものをあとがきに書くものだという固定観念がありますのでやろうと思ったのですが、ページ数の関係で全部は無理そうなのでいくつか選んで解説します。全話解説はX（旧Twitter）とかでやるかもしれません。

・獣人
『姉ちゃんは中二病』という作品の舞台、黒神島のその後という誰得な話です。島に上陸して遺跡を調査して……という話のつもりだったのですが『姉ちゃんは中二病』を読み返すと島が沈んでいました。何余計なことしてんだよと、過去の私に文句を言いたくなりました。
獣人が調整槽に入ってたり、統率種がいたり、宇宙からやってきた始祖が、みたいな話は『強殖装甲ガイバー』のパク……オマージュです。

・ロボ
槐のその後の話、ではあるんですが、ほぼ諒子とキャロルの話。

諒子の三本目の刀の能力は特に考えていなかったので、ご想像にお任せします。というか、こんなんだったら面白い、なんてのがあったら教えてください。

諒子とキャロルのバディものみたいなのも面白そうとか思ったのですが、キャロルの戦闘力がいまいちというのがありますので、誰かこのへんをうまいこと考えてスピンオフとか勝手にやってくれたら、私が読みたいです。

・軌刃

もう誰も覚えてないだろうと思われる知千佳の暗示とキーワード。けっきょく、コミカライズでもアニメでもスルーされてしまったので、あえてもう一度出しました。ちなみに私がこの文言を知ったのは、『蓮華伝説アスラ』という漫画です。

敵の能力がやけに詳細なのは、別作品の主人公の能力のつもりであれこれと考えていたからです。

・異世界ハーレム計画

花川が異世界行きっぱなしだともし今後何かで使おうとしたときに面倒くさいなぁ……という理由で、哀れにも帰還させられてしまいました。

とはいえ、賢者の影響を排除した世界を運営しようとすると、ギフトを消すというのは当然の流れではあるのですが。

帰ってはきましたが、花川の今後の予定は未定です。

では謝辞です。
担当編集様。相変わらずギリギリですすみません。
イラスト担当の成瀬(なるせ)ちさと様。引き続きイラストを描いていただき、まことにありがとうございます。また機会があれば、などと書いていた時点ではまったく続編の予定はありませんでしたが、こういうこともありますので、また何かありましたらよろしくお願いいたします。

ではまた、機会があればどこかで！

藤孝(ふじたか)　剛志(つよし)

こんにちは。（実質的に）15巻発売おめでとうございます！
アニメも放送中ですね。朝霞さん推しとしては朝霞さんの出番？が
多めでうれしいです。

エンディングでは「（クラスの席）前後だったの!?」と叫んだ一人です。
あれはアニメの世界線なのかな、わかりませんが。

（実質）15巻もイラストを担当させていただきありがとうございました！
（実質）16巻は、出ないかな……？

成瀬ちさと

即死チートが最強すぎて、異世界のやつらがまるで相手にならないんですが。〈後始末篇〉

発行 ――― 2024年2月15日　初版第1刷発行

著者 ――― 藤孝剛志

イラストレーター ――― 成瀬ちさと

装丁デザイン ――― 山上陽一（ARTEN）

発行者 ――― 幕内和博

編集 ――― 半澤三智丸

発行所 ――― 株式会社アース・スター エンターテイメント
〒141-0021　東京都品川区上大崎 3-1-1
目黒セントラルスクエア　7F
TEL：03-5561-7630
FAX：03-5561-7632

印刷・製本 ――― 図書印刷株式会社

ISBN 978-4-8030-1910-0